中国专业作家小说典藏文库

中国专业作家小说典藏文库

吴玄卷

你饶了我吧

吴 玄 ◎著

中国文史出版社

目 录

玄白

一

刘白的围棋是他妻子教的。

刘白端着两盒围棋回家的时候，还根本不会下棋，只觉着那天的生活有点戏剧性。他喜欢生活中常来点儿小小的莫名其妙的戏剧性。其实谁都喜欢生活有点戏剧性。围棋盒子是藤编的，瓮状，透着藤的雅致，那时他喜欢盒子远甚于里面装的棋子，没想到就是这一黑一白的棋子完全改变了他既有的生活。多年后刘白想到那天的情景依然历历在目。那天早晨他原是出去开一个文学座谈会，这样的会他经常开，所以没有感觉。在一间被作家和准作家们弄得乌烟瘴气的会议室里嗑瓜子，长时间听一个省里来的据说很有名的作家张着阔嘴阔论什么文学，若干小时后，名作家谈乏了不谈了并且要求大家也谈谈，大家生怕班门弄斧露丑虽有满腹高论却不敢开口，会议就进入冷场，主持人不断鼓励大家说呀说呀但是大家就是不说，只得指名刘白先说几句。他早已讨厌名作家居高临下钦差式的口吻，白了名作家一眼，说，我也没什么可说，念首儿歌吧，儿歌是这样写的：一只蛤蟆一张嘴，两只眼睛四条腿，扑通扑通跳下水。大家始则莫名，继而哄笑，弄得主持人很费了些口舌圆场，会议才又庄严又隆重地继续下去。到热闹处，刘白就溜了，结果端着两盒围棋回家，心里怀着一点难以言说的兴奋。

刘白夫人雁南正在屋里坐月子。坐月子的任务就是吃喝拉睡，不准看书不准看电视不准打毛线。雁南闲得发慌，见刘白乐呵呵端了两盒围棋回来，就说，我们来一盘。

刘白说，不会。

真扫兴，忘了你不会。雁南揉揉棋子，又说，是云子，手感很好，送我的吧？

不，人家送我的。

那就是送我，反正你不会。

可人家说我是棋王呢。

雁南大笑说，有意思，谁说你是棋王？

就是广场上天天摆石子儿玩的那个棋癫子。

是他？雁南吃了一惊，问，他怎么送棋给你？

他说我是棋王，就送我了。

你棋王个屁。

怎么是屁，你先成为棋后，我不就是棋王了？

雁南兴致大增，说，这还差不多。随即动员刘白也学围棋，说，毕竟棋癫子有眼光，你确实是块下棋料子，我怎么不早发现，免得老找不到对手。

4

刘白懒懒地说，教吧。雁南受宠若惊便有板有眼地教，先讲序言，说围棋是国技，很高雅很有中国特色的一种文化，相传是尧所创。弈者，易也。黑白象征阴阳，可能与《易经》同出一源，或者就是《易经》的演示，是一门玄之又玄无法穷究的艺术。那时文化界正流行《易经》热，刘白像大多数文化人，虽然并不了解《易经》，却很推崇，听说围棋与《易经》有关联，顿时脸上庄严肃穆十分，呆子似的坐着。雁南摊开棋盘，比比画画，不一会儿，刘白觉着懂了，说，原来这么简单。雁南说，大繁若简，妙就妙在规则简单。刘白说，对。刘白忘了雁南坐月子不能用脑，急着想试一盘，高手般拿双指夹起一粒黑子啪的一着打到星位上说，来！婴儿即被惊醒，呀呀乱哭，吓得雁南直伸舌头，忙着去哄，一边嘘嘘嘘地把尿。婴儿很快便又睡了，雁南说，你把星位都摆上黑子。

刘白说，我不要让。

那怎么下？

就这样你一颗我一颗下。

就让你试试吧。雁南随手拿子就碰。几着下来黑子被吃得一粒不剩，刘白扔了棋子，非常沮丧。

气什么？你已经学会就不错了，我的棋是家传的，几代人心血呢。你不是不知道，不让怎么行？

气倒不气。我懊丧的是怎么不早学围棋，这棋真不是雕虫小技，什么气、势、劫，还挺哲学的。

当然。

5

一会儿刘白说，怪。

怪什么？

说围棋是国技？

当然是国技，这还不知道？

可这围棋，棋子一颗一颗全都一样，没有大小、尊卑、贵贱，棋盘也是一格一格的，全都一样，没有固定位置，不像象棋，象有象路，车有车路，不能越雷池半步；也与《易经》明显不符，《易经》是有尊卑贵贱的，围棋体现的却是完全平等的精神，大同世界。

雁南听了睁大眼睛，觉着有理，又似乎牵强，这是她不曾想过的，竟不知怎么回答。刘白见老婆被难住，也就不再发挥，转而说，我还真喜欢上围棋了，你怎么早不教我？

怎么我不教，你自己不学嘛！

唉唉，刘白叹道，怎么就不早学……我真的是下棋料子？

嗯。

你怎么知道？

雁南想了想说，你不是老谈静虚，围棋就是静虚。静而虚，虚而神，神游局内，意在子先，是围棋的境界。你平时写东西，一个字往往要思考半天，围棋最需要长考，你把长考用到围棋上，准行。

我的妈呀，你静虚了？

雁南笑道，这些话是我父亲说的，我这个人缺乏耐性，心猿意马，哪能呢。你要是早学，可能比我强多了。

二

当地弈风颇盛，且源远流长，像雁南这样的围棋世家算不了什么。四十年前，曾出过一位大名鼎鼎的国手。国手少年东渡扶桑，拜吴清源门下，受日本现代棋风熏陶，得吴先生新布局之趣。时国内棋运不振，与日本差距甚远，棋手多为搏杀型，靠蛮力取胜，跟日本棋手下棋，就像扛长矛的碰上拿机关枪的，少有不败。国手学成归来，行棋大方明快，一招一式尽合棋理，如鹤立鸡群，深得器重。国手自然士为知己者死，竭力振兴国技，扶持后学，期望不远的将来赶上日本。国手常说，差距虽远，并不足畏，日本棋士力量不足，最惧白刃战，我们取彼之长，攻彼之短，很快就能比肩。不幸若干年后"文革"中国人忙于革命，百业俱废，国手也在劫难逃。

国手祖传一副比国手更知名的棋具，有天下第一棋子之誉，当时棋界几乎无人不知。去年日本《围棋》杂志还专门著文追寻那副棋具，顺便也怀念起国手其人，引经据典说棋盘是明朝的楸木，白子是白玉磨的，黑子是琥珀磨的。传说当时光磨一颗棋子手工费便要纹银四两，但是活着的人们谁也没有见过，终不识其真面目。国手的不幸即来源于此。"文革"一起，造反派就觊觎国宝，先是批斗游街，而后抄家，说棋具是四旧，应当销毁。造反派如何从国手手中夺走棋具，如今已经

7

无据可查，但结局是清楚的，那就是国手疯了。

国手回到故乡，展现在人们面前的举动是日日在广场上摆石子儿玩。广场的西南角有一株老柳树，不知何年何月被雷劈成两截，腰粗的树干兀立着，顶上疏疏落落长些枯条，似柳非柳。国手就盘腿坐在树下，构成小城最具沧桑感的一处风景。国手面朝广场，脸上似笑非笑，一动不动好像一段枯木，每长考个把小时，才往面前的空地上轻轻放下一粒石子儿。起初，小城的人们都有点扼腕，久而久之，也就熟视无睹，走过老柳树甚至感觉不到棋癫子的存在。十年后，浩劫过去，中国开始复苏，棋界记起国手，派人专程从北京赶到小城，来人见国手这等模样，感慨万千，嘴里表示些尊敬，便怅然而归。

地方体育负责人也想起用国手，重振棋乡之风，但不知棋癫子是否还会下棋，要考核一下，又有所不便，特意购了一副云子，叫了几位本地高手，去老柳树下请棋癫子手谈。国手看见棋子，倏地脸色大变，静物般的身子凌空跃起，上前一把夺过棋子，一步一步后退，退到一丈开外，好像被什么东西挡住，无处可退了，双手抱紧棋子，怒目而视，嘴里嗫嚅着想说什么，却什么也说不出来。负责人连忙脸堆笑容道，这是我们送您的，请您手谈一局呢。面对负责人的笑容，国手惊慌失措，脸部扭曲得不成样子，无疑是十年前疯狂的表情，看了令人心酸不已。

负责人不甘就此作罢，总觉得国手没有全疯。有人强调看过棋癫子摆的石子儿，尽管看不真切，但确乎是棋谱。隔日，负责人又费尽心机相邀了几位棋手到柳树下对局，期望能唤起国手的关注。棋癫子盘坐弈者身旁，脸上似笑非笑，慢条斯理每隔个把小时投下一粒石子儿，一连三日，依然如故。负责人终于泄气，叹息道，国手确实疯了。

国手看中刘白，很难说是因为疯癫还是独具慧眼，按传记的惯例，从结果推导原因，那自然是独具慧眼。这之间总有一种缘分吧。刘白对棋癫子的兴趣是从那次文学座谈会上萌发的，当时他们正儿八经地讨论世上哪类人最具文学性。有人说女人，有人说当然是作家，刘白信口说是疯子。刘白的高论淹没在一片聒噪之中，并未引起别人的重视，倒是他自己心血来潮马上产生了写写疯子的冲动。他在脑子里搜罗疯子的形象，倏忽间棋癫子的形象极鲜明地从脑海深处闪现出来盘坐在记忆的中央，使他兴奋不已，不得不溜出来，三步两步赶到广场，面棋癫子而坐，朝圣似的观察起棋癫子的举动来。

刘白以前也耳闻过棋癫子的事略，但他不会下棋，也就没有多加关心。现在，棋癫子是作为一个疯子才引起刘白兴趣的。棋癫子盘坐眼前，刘白不知怎样才能接近他，棋癫子的形象无形中有一股排斥力在拒绝他前去聊聊。这是三月。老柳树在阳光下爆着鹅黄，似乎还知道春天的到来，棋癫子静坐树下，闭目沉思，脸上似笑非笑，如一尊深不可测的佛。渐渐地，刘白心中有种异样的感触，觉着棋癫子并非疯子。天下哪有这般斯文恬静又深不可测的疯子？刘白想到疑处，就恶作剧起来，随手抓起一颗石子儿，朝棋癫子投去，不偏不倚正中鼻尖。不料棋癫子却浑无知觉。石子儿掉落在面前的石阵里，棋癫子拿双指夹起轻轻放回另一只手心，好像石子儿是从手心里掉落下去的。刘白觉得这个细节妙不可言，同时被某种神秘的东西所笼罩，心里生出歉疚，便相当虔诚地上前道歉说，请大师原谅，刚才我故意拿石子儿打您，真对不起。被刘白称作大师的棋癫子良久才有所反应，抬眼注视刘白，忽地笑容满面，不胜欣喜道，就是你，我等你很久了，你等一下。说着起身离去。刘白莫名其妙地目视棋癫子步履迟缓地穿过广场，发现棋癫子个子不高，身体微胖，有点老态，似乎并无奇异之处，不一会儿就消失在颜色斑驳的人群之中了。刘白不知棋癫子去干什么，一时茫然失措，思忖着该不该等他回来。路人来来往往，发觉刘白取代棋癫子的位置，都诧异地拿眼觑他，让他很不好意思，干脆埋下头去关注棋癫子摆的石子儿。刘白不懂这是棋谱，只觉得石子儿排列有致，绵绵延延，似断若连，有一种难以言说的美感。那石谱隐隐透着一种气息，使他沉静下来，不再在乎路人的目光，心平气和等棋癫子回来。

棋癫子故意考验他似的，偏偏迟迟不归，刘白想毕竟是疯子，大概不会回来了，想走又不甘心，万一他回来岂不可惜。正想着，棋癫子却从背后钻了出来，手里端着棋盒，分明很高兴。刘白以为找他下棋，正要说不会，棋癫子却先开口了，庄重地道，送你的。刘白赶紧推辞，说自己不会下棋，不敢当。不想棋癫子听了很开心，说，笑话笑话，哪有棋王不会下棋的？刘白疑惑地道，你认错人了吧？我真不会下棋。棋癫子正色道，你就别推辞了！不瞒你说，这是重托，人人知道这棋是祖传的，当今天下，除了你有资格执这棋子，还有谁？就受了吧。刘白知道国手祖传的棋具早已被抢，棋癫子手里的不可能是传家之物，这才明白是疯言，但看棋癫子执意要送，拗不过只好受了。再三道谢之后，逃也似的离开棋癫子，心里咕噜着，真是个疯子，他大概把我当成吴清源了。

那天刘白上班远远见棋癫子凝坐树下，想他郑重赠棋与他觉着有趣，就兴致勃勃上前招呼，棋癫子却是不理，脸上似笑非笑，好像彻底忘了曾经赠棋与他那回事。刘白想着好端端的一个国手就这么发疯，心下落了点儿悲怆，下班干脆绕道而行。回家见棋子散乱桌上，小心装进棋盒，问，这是云子吗？

雁南说，是。

刘白沉默一会儿说，在棋癫子心里，这不是云子，这是他祖传的天下第一棋子。因为是疯子，更要尊重，以后我们好好替他保藏。

刘白就这样与围棋结缘，有点不合逻辑，是吧？

三

刘白的棋龄跟他的孩子同龄，学棋那年已年届三十，这在棋界是少有的。一般棋士早在五六岁就开始学棋。当然也有例外，像日本的某某某某九段学棋的年龄就与刘白差不多。三十而立，这是个忙碌的年头，又要当丈夫，又要当父亲，又要干一些为了"而立"的事业，照理是无暇他顾的。刘白是个不怎么出名的作家——倒也不见得他缺乏应有的才气，大家都知道山上的小树和山下的大树的道理，如果他不是迷恋围棋而舍弃写作，日后时来运转名重文坛也未可知。不管怎么说，能在这种年头放弃刚刚起步的一切而专事通常属于消闲的围棋，实在是叫人惊异的，足见其人秉性与众不同，对这种人很难下结论，也无必要。

刘白确实是个围棋坯子，棋艺的长进令雁南瞠目，棋瘾也日重一日，下棋的兴趣很快超过了写作，逮空就逼着雁南陪他下棋。有时下着下着，孩子闹了，雁南去哄孩子，自己也不觉就睡了，刘白久等不见出来，进去强行将她从床上拉起，说，下棋呢。雁南咕哝着，困死了，不下。不行！刘白不由分说将雁南抱到棋枰前，坐好，说，轮到你下。雁南睡眼蒙眬哈欠连连抓着棋子就投，刘白斥道，认真点儿！接着恭恭敬敬递上茶水，要雁南喝下清清脑子。雁南苦着脸说，真困死了，明天再下吧。刘白说，下起来就不困，明天你睡懒觉，孩子我带。雁南犟不过，只好认真思索起来，刘白看雁南认真对付了，心里畅快，点上一支烟，旋即开门出去小便，回来胸有成竹地应上一着，倾着身子等候雁南落子。这样几个回合，刘白又点烟出去小便，雁南说，你怎么搞的，再走来走去，我不下啦！刘白急道，别别别，你知道我一思考，就要小便，不小便，没有灵感。

小便频繁，原是刘白写作时的习惯。只要拿出稿纸，就得先去小便，回来唰唰唰写几行，又去，而且一定要到户外，即便房间里厕所现成也不例外。好像他思考的器官不是脑袋，而是肾脏。他所有的作品都在来来回回的小便之中完成，这种时候，他走路不带声响，仿佛足不着地，飘来飘去。这习惯，甚至就是写作过程本身。如今下棋却完完全全重复了写作所独有的习惯，这使刘白自己很惊讶，并伴有一种莫大的满足感。据说吴清源也有这种习惯。其实这不难理解，一个人过分专注或者紧张的时候，通常就会尿频或者尿急，我们都有考试尿急的体验。这种习惯于写作无伤大雅，但下围棋是两人对垒，频繁走动，很容易引起对方的不快，往往要事先声明。

刘白战败雁南的日子是一年后的六月二日，这天正好是他生日，算起来离他学棋的时间也一年多了。这盘棋是雁南精心创作送给刘白的生日礼物，虽算不得珍品，但棋谱刘白一直珍藏着。这也是刘白棋艺猛进的一个标志。雁南为人极看重人家的生日，他们恋爱也是从祝贺生日开始的。一个月前，雁南就唠叨着刘白的生日该怎么过。刘白说，好好下盘棋吧。雁南说，好，也蛮别致。六月二日这日子，是梅雨季节的一天，梅雨绵绵是难免的。早上雁南醒来，刘白还在睡觉，侧身，弓着身子，表情酣甜，雁南想起三十年前刘白在母亲腹中也是这个姿势，就觉得很有趣。雁南悄悄退出卧室，盥洗完毕，抱了孩子撑了雨伞兴冲冲上街。因为是雨天，人们大多还在做一年将尽的春梦，街上很少行人。雁南将孩子送到保姆家，保姆刚在准备早餐，见雁南这么早送孩子来，有点迷惑，雁南说，今天我有急事，就早送来了，孩子还未吃饭，麻烦你喂他些。

雁南又赶到菜场，买了酒菜，回家刘白还在睡觉，他是很会睡懒觉的，雁南并不去叫醒他，去客厅泡了茶，摆了棋盘静候。雁南想，去年自己无聊教他下棋，他还真行，现在差不多可以匹敌了，围棋是智者的玩物，他进步那么快，当然再次证明他是智者。雁南想到得意处，竟独自笑了，此刻她不会想到日后却会为他下棋而烦恼。不多时，刘白披了衣服出来，嘴里含含糊糊地嘀咕着可惜可惜。雁南说，又梦见输棋了？刘白说没有，一眼看见雁南早摆了棋盘等他，喜道，嗨嗨，这盘棋我提前下了，刚点目，发现优势明显，一高兴就醒了。说着脸也不洗，就坐到棋盘前。

梦里你执黑，下吧。

雁南说，梦里我第一手下哪里？

刘白做回忆状想了一会儿说，全忘了，我一想反而全忘了。

好，要不你脑子里有两盘棋准输。

这盘棋从上午到下午，两人都不吃中饭，一气呵成。雁南棋风细腻含蓄，又暗藏杀机，女性和棋士的形象跃然盘上，下到得意处，手里搓着棋子，摇头晃脑说，不行了吧？我倒希望你赢。刘白眼看技穷，却不服输，说，高兴太早了吧。果然一轻松灵感就来，连发令人叫绝的妙着，雁南便又击节赞叹：名师出高徒，了不起，但要扳倒师父，还不到火候。因为认真，不时有所创造，雁南一直自我感觉良好。盘面上白方死子明显

14

比黑方多，粗看确乎黑优，但不知不觉黑棋竟贴不出目。下到242 手，刘白见胜势已不可动摇，站起来就跑，冒雨跑到街上，一时想不出新奇的方式庆贺，不管自己会不会喝酒，也按传统的方式拎一瓶酒气喘吁吁跑回来，手舞足蹈大叫，我赢了，赢了。雁南见他得意忘形，笑道，傻瓜，酒我早准备好啦。

雁南由于感觉好，充分证明着刘白取胜的必然，比自家赢了棋还要快活，边吃边喝边夸刘白棋感好，不争寸土，有大将之风。

刘白说，原来你也不过尔尔。

那是你聪明，笨蛋，你赢了我，在城内大概就无人匹敌了。

无人匹敌了？

不信，你自己去试试看。

那我真像棋癫子说的是棋王了。

在这种地方称王算什么。

那也是王，大小而已。

雁南出身围棋世家，当年她父亲也算一代名手，在江南一带颇有名气。雁南少年时进过国家女子围棋队，还在全国性大赛中获过名次，后来过早陷入情网中途而废，才很伤心地回到故里。所以说话口气大，压根不把这种地方放在眼里，说，有机会让你见识见识专业棋手的风采。

恐怕还不是他们的对手。

那当然，等你进步了，可以去找表兄下几盘指导棋。

雁南的表兄就是目前活跃棋坛的马九段，棋艺与棋圣聂卫平不差上下，行棋轻灵飘逸，如行云流水，算路又非常精确，很善于把握瞬间的机会，正如日中天耀人眼目。刘白听说找表兄下，摇头说，虽然是亲戚，我还是不敢找他下。

没关系的，我们是师兄妹，小时候天天一起下棋，他的棋越下越空灵，可小时候他棋风很健，是个杀手，而我绵里藏针，我们有输有赢。因为他比我大一岁，很不服气。我父亲挺宠他的，说他将来是个好棋手。他确实很会想，下棋的时候，双手托着下巴，眼睛看着天花板，从不看棋盘，一想就是个把小时，现在也还这样，弄得我很烦。父亲看见他这个样子，就夸他有棋士风度。父亲真是个棋迷，棋瘾发作，又找不到对手，就拉我和表兄下让子棋，下完复盘，指指点点不厌其烦，我们就是这样学起来的，我好像跟你讲过了。

嗯，要是父亲还在就好了，我们天天下棋。

那他不知道有多高兴呢。

四

小城时常要举办围棋赛，刘白也去参加，不无紧张地坐在赛场里，全神贯注下每一着棋。令人遗憾的是对手很不经打，到中盘就不行了，但对手并不知道已经无可挽回地失败，依然顽强地下一些无理棋以争胜负，因此后半盘刘白毫无例外都是

16

陪下，有点大炮打蚊子的味道。果然如雁南所言，他在小城已无人匹敌。这使他很没趣，参赛不过是聊以解瘾而已。对他来说，留下深刻印象的倒不是比赛，而是赛场。小城的棋赛不像国际性大赛那样严肃，是允许闲人观战的，十几张棋桌一溜儿排开，观战者往往把棋手严严密密地围在里面，致使棋手不知道左右还有棋赛。刘白是需要走动的棋手，这给他带来一些麻烦，得从人缝间钻来钻去。观战者虽众，但赛场却是静默的，谁也不敢开口说话，发现疑问手或者妙手，也只是努努嘴互相示意。观棋不语，小城的棋迷是很有君子之风的。棋手能听见的只是计时钟催命似的嘀嗒声。

赛事完后是很热闹的，棋手们复盘商讨得失，这时观战者也七嘴八舌加入进来。因为刘白是常胜将军，他的发言有权威性，遇到争执不下每每请教于他，他也一点儿都不谦虚，加上声音洪亮，个子矮小，外围的人就只闻其声，不见其人。刘白讲着讲着就脱离棋盘，漫无边际地阔论起棋道来，斥责比赛其实有悖于棋道，计时钟更是不合理的存在。有了计时钟，我们就无从体会山中方七日世上已千年的真味了。围棋类似于宗教，有一种出世感，是一门纯粹的艺术，是一种时空的存在。一盘棋从起始到终盘，全都是气，气分阴阳，彼此互相消长，始则微弱，继而繁复，轻重缓急，错错落落，气象万千，最后气都化为实地，一盘棋戛然而止，分出胜负是自然而然的结果。我们不应该只看结果，结果不就是胜负？有什么意思。一盘棋应该是一首和谐的即兴的二重奏，有音乐的节奏美和建筑的结构美，我们应该体味的就是其中的节奏和结构，一着棋如果表现出某种美，就必有力量，美就是力量，就是个性。现在棋坛只看胜负，不重艺术，只有棋艺，没有棋道，还和名利挂钩，不断鼓励棋手争胜负，把围棋作为一项竞技项目，棋坛是热闹了，棋道却失落了，这是围棋艺术的悲哀。我们业余棋手棋艺虽不如专业棋士，但我们不靠此吃饭，我们下棋是为下棋而下棋，专业棋士却不得不作为生存的手段，这是我们的幸运。刘白语气是亢奋激越的，也是坦诚有感而发的，虽然狂妄，却句句说到棋迷心里去，没有哗众取宠之嫌，使他更加受人尊敬，觉着此人不只棋下得好，说得也头头是道，大有来源。有人问他棋是跟谁学的，刘白不加掩饰道，跟老婆学的。众人于是取笑说，怪不得这么厉害，原来阴阳合璧。

刘白本是作家，论棋侧重艺术是顺理成章的事。他明知计时钟是竞技用的，跟艺术无关，还要抨击，显示了他的苛求。相比之下，他的棋道比棋艺确实要成熟早些，早在跟雁南下让子棋时，就能捕捉到专业棋手也很难捕捉的棋道的一些影子，这是天赋。后来他棋艺臻至成熟，才发现棋道和棋艺不可分，难得有业余棋手对棋道的领悟高于专业棋士的。规则是外在的，只要你心里没有胜负，即便比赛，也就没有胜负，想起自己曾经于稠人广众之中，高谈阔论华而不实的棋道，很是羞愧。智者无言，当时刘白对棋道的理解还一知半解。这是后话。

那时候刘白有点高处不胜寒的孤独，但高处也有高处的好处，外面来了强手，大家自然就会想到他。某日，一群棋迷兴致勃勃蹿进家来，匆匆忙忙拉他起床说，快走。刘白还在梦里，昏头昏脑也就跟着走。雁南说，什么事这么急？棋迷们这才注意到刘白还有个老婆，回头看她，发觉雁南长得漂亮，也就不急了，停下说，下棋呢，有个专业五段等他下棋。刘白听说是专业五段，来了劲说，好。

好。有这种劲头，准赢。

刘白说，走，下了再说。

雁南像教练临战前指导说，对专业棋手要智取。

刘白说，你也一起去。

雁南说，我还要带孩子，你去吧。

刘白和五段对局是棋迷们自发筹办的，安排在一间僻静的茶馆里。刘白走进茶馆的时候，五段已经被另一群棋迷请到了，坐在一个角落里戴了耳机听音乐。见一大群人簇拥着一个人进来，叫叫嚷嚷说，这就是刘白，这就是刘白，五段就卸了耳机过来握手，说，你好，我来这里串亲戚，很想见识当地的棋艺，听说你很好，请多关照。刘白看那五段，原来是个少年，身体尚未发育完全，脸上满是稚气，讲话却彬彬有礼像个成人，觉着有点滑稽，说，原来你这么年轻，真没想到。

五段说，我是国家少年队的。

刘白说，好，好。

棋迷搬上棋具，选了靠窗的一处，请他们开始。五段说，你先吧。

刘白说，还是猜先吧。

五段看一个无名的业余棋手要与专业棋士猜先，稚气的脸上有些不悦，胡乱抓了一把棋子伸到刘白的眼前，刘白说单，结果五段执黑先行。五段捏了一粒黑子，想也不想放了一个星位。

这是地方队对国家队的一次比赛，棋迷们要好好研究研究，又纷纷搬出棋具，跟着五段在星位上放了一颗黑子，然后等候刘白落子。

刘白脑子里一片空白，他对五段一无所知，第一手落子就艰难，眼睛注视着棋盘，只有一颗黑子气势昂扬地占着星位，五分钟过去了，刘白还是不肯落子。第一手就长考把对局的气氛搞得很沉闷，棋迷们窃窃道，第一手有什么好想的。五段也有点烦躁，戴了耳机听音乐。又五分钟过去，刘白也占了一个星位。

接下去落子轻快，战斗先从左上角开始。白 14 挂黑 15 托之后，刘白明知征子不利，却明知故犯扳了一手，五段马上说，征子不利。五段的意思是让刘白重下，刘白却固执地说，知道。五段见刘白这么不识好歹，孩子气就爆发了，故意落子很重地扭断白棋，又戴了耳机嘣嚓嘣嚓地听音乐。刘白也不在乎五段的不逊，只是笑笑，抓起白子毫不思索便长，黑 19 抢打，白 20 立下，黑 21 跟着立下，白 22 拐，黑 23 长，这样白三子成为黑棋的瓮中之鳖，这是大家知道的，会下棋的都不会这样下。

棋迷们摆到这里，纷然道，崩溃了，白输了，结束了，一副失望甚至伤心状。他们确实指望刘白能赢，好长当地志气，谁想到刘白这么不争气，简直不懂常识，输得这么混账。刘白不羞，他们还脸红呢。这时刘白起身思考，有几个紧跟了出来，指责道，怎么能这样下！刘白诡秘地笑笑，没有回答。回来放置左上角不走，去右上角扳了一手。进行至白38，刘白埋头长考，来回苦思了好几次，棋迷们听见茶馆外面索索作响，哄道，这手有什么好想的，立下吃角成空。他们通常是观棋不语的，这回实在忍无可忍了，看刘白走来走去真想把他的小东西割掉。五段忽然关了耳机问，他是你们当地最好的棋手？大家被五段这样提问，都感到受了侮辱，但又毫无办法，只好互相解嘲。等刘白回来，就把窝囊气发在他身上，不客气地催促道，立下，有什么好想的！刘白好像有意要激怒棋迷，又思考许久，脱离定式出乎意料地跳了一手。

见了活鬼，长考那么长时间走这么一步臭棋！有人愤愤大叫，有人觉得惨不忍睹干脆默默离开，有人索性抹了研究用的棋谱，以示罢看。五段见刘白那么专心致志走一着臭棋，也觉着很逗，笑道，这种创新精神还是值得鼓励的。说着理所当然托靠取角，你不要我要。白棋扳出先手拔去一子，然后回到左上角爬出三子，这下境界全出了。棋迷们见白棋左右联络，起先征子有利的几个黑子反而成为白棋的囊中之物，大悟道，原来如此。大家便愧疚地看着刘白，讨他原谅，又幸灾乐祸地看着五段出洋相。原来有这等佳构，五段也大吃了一惊，现在判断形势，白子熠熠生辉，黑棋明显落入圈套。五段大概很后悔自己的轻狂，堂堂五段这样败给业余棋手面子怎么搁下？五段脖子变粗了，脸涨红了，到底是少年，慌乱中不够冷静地下了一着莫名其妙的棋。

刘白毕竟是业余棋手，算路没有专业棋士那么精确、熟练，看见五段下了着新手，一时摸不着头脑，又要长考。棋迷们都屏声静气耐心等候刘白的下一手。五段对自己这手棋心里大概很忐忑，刘白长考对他无疑是种折磨。面对刘白的空位，五段手里惶惶地搓着棋子，看刘白怡然出去又怡然回来，终于怒不可遏，猛地一把掀翻棋盘，吼道，你下棋还是散步！刘白惊愕间正要解释，五段却排开众人，独自走了。

这盘棋就这样不欢而散，棋迷们除了说说五段小孩子脾气外，也没有办法。

刘白回家哭笑不得地道，真扫兴。

雁南说，输了吧？

不是，大概是我走来走去，他以为故意怠慢，说你下棋还是散步，就掀了棋盘走了。

你没有先跟他讲一下你的怪癖？

今天我只想着下棋，忘了说。

这也难怪人家呢。

是啊，是啊，只是我棋兴未尽，这盘棋蛮精彩呢，五段真不够意思，我们一起下完它吧。

不行，我正等你回家看孩子，我得出去买几件衣服。

22

下完棋再买嘛。

不行，衣服都尿湿了，现在就没得穿，我走了，醒来泡奶粉给他吃。

刘白蹑手蹑脚观察一下孩子，见孩子睡着，做一个鬼脸，就兴致盎然去复盘，实在意犹未尽，五段真他妈让人恼火，他几乎想出去拉五段非下完这盘不可。摆到五段掀盘前的一着，刘白又继续长考起来，仿佛五段就坐他对面等他落子，想了半天，点点头又摇摇头自言自语说，这着好像无理，但也未必，专业棋士一般不会下无理棋，貌似无理，说不定是妙着。这时孩子哭了，声音尖尖的很刺耳，可是刘白没有听见，过了一会儿，孩子还在哭着，并且提高了音量，嘶哑了嗓子，刘白还是没有听见。他身子俯棋盘前，恍恍惚惚如临三界，自言自语说，这着真玄，有机会碰见五段，一定请教一下。

雁南回来远远地听见孩子哭闹，跑了进去，即刻大叫，刘白，你怎么搞的！刘白仿佛听见雁南叫他，低低"哦"了一声。雁南又恼怒大叫，该死的，你怎么照顾孩子？你进来看看。刘白惊道，孩子醒了？跑进去一看，傻了眼，孩子斜卧床上，浑身上下沾满了黏糊糊的粪便。雁南喊道，还不快打水！忙乱一阵，孩子擦了身子，趴雁南怀里就安静了，雁南心疼不已地"宝宝宝宝"了一会儿，抬头训刘白道，孩子哭了那么久，你怎么不管？

刘白道，没听见。

你是聋子？

那倒不是，真的没听见。

你就在外间，怎么会听不见？

我也不知道，确实没听见。

你一下棋，就像死人。

嗯，嗯。刘白惶惶应着。

你这样看孩子，我必须惩罚你。雁南想了想说，以后再也不跟你下棋了。

五

刘白说，你真不跟我下棋了？

当然。雁南突然觉得不该再怂恿刘白下棋了，也许自己本来就不该教他下棋，现在他除了下棋，还是下棋，都已经一年多没有动笔了，简直玩物丧志。你也该写写东西了。

有棋下，还写什么东西？

你不是专业棋手，怎么能天天下棋？

那才是真正的下棋，下吧。说着刘白搬了棋具，把棋子塞进雁南手里，恳求道，下吧，下吧。

不下，你真的应该写写东西了。

下吧。写作有什么好，远远不如下棋。

刘白看雁南还是不下，又雄辩说，你不知道下棋确实比写作好，你想棋子本身没有生命，每一手棋灌注的都是棋手的生命，而文学不一样，文字本身就是活的，每个字都有几千年的

24

历史，你动用它的时候，它也在动用你，实际上谁也无法真正驾驭文字，所谓语言大师，也常常似是而非，反而被文字操纵。再说写作是很孤独的事情，人往往被文字弄得怪诞，你看哪个作家是正常的？而下棋是二重奏，是两个人心灵的沟通，使人变得平易、沉静。下吧。

不管你怎么说，我就是不下。下棋必须棋逢对手，我不跟你下，你就没有对手了，看你怎么沟通。以后你不写作，就帮我干家务带孩子吧。

唉，你这个人真牛。

我就是这样，还是老老实实给我写作吧。

不。我不下棋心里就没着落，没心思写作，你真不跟我下，我去找表兄下，他比你厉害多啦。

那当然，可惜你又下不过他。

数日后刘白真要去找表兄下棋，雁南阻挡不住，顺水推舟说真要去，就去吧，顺便可以看看老同学，你要是赢了表兄，以后就专门下棋吧。刘白说，好。其实刘白尚不敢想要赢表兄，不过想见识见识大名人的神韵而已，要不是他跟雁南有那么亲密的关系，他是绝对不敢找马九段下棋的。

刘白到了北京后，却突然害怕见到表兄了。虽然是亲戚，他们却素未谋面，只是互相知道而已。表兄他在电视上见过，是个瘦瘦的小伙子，留一头长发，样子倒没什么威严，但就这样突如其来蹿进去找他下棋，是不是太唐突？棋艺是不分亲疏的。

好在马九段生肝炎住院了，这棋也就不可能下了。刘白反而感到一阵轻松，上街买了一些慰问品，去医院探望表兄，只见他无聊地躺在床上挂盐水，穿了件格子病服，脸色蜡黄，眼珠子也蜡黄，因为浮肿，看上去胖了不少。见人进来，睁了睁眼，发觉不熟，又无精打采地闭上。刘白看他这副模样，暗藏的畏惧心理一扫而光，马九段现在不过是个需要同情的病号。

刘白说，马九段，我来看你，我是雁南的先生，应该叫你表兄。

马九段听来人叫他表兄，从床上坐起，喜道，哦，你就是刘白？可惜我们在这里见面，当心传染。

不能握手，隔一段距离互相寒暄。雁南好吧？好。谁谁好吧？好。谁谁谁好吧？都好。问完了，马九段说，你来北京出差？

不是，我特意来找你下棋。

马九段只当是玩笑，笑道，你也喜欢下棋？

是的。

真可惜，下次我们一定下一盘。日本很多作家也都下棋，而且棋艺不低。

是的。

雁南还经常下棋吧？

偶尔也下。

当地没有对手吧？她下棋天赋很好，可惜半途而废，小时候她经常赢我。

26

又说了许多。病人说话欲特别强，马九段也如此。刘白怕他体力不支，贻误静养，尽管意犹未尽，也只得早早告辞，祝他早日康复重返赛场，电视里见。

刘白走在街上，想着要不要去看看老同学，自己原是为下棋而来，并未想过探望他们，现在棋下不成了，去探望，不见得有兴，还是回去吧。

刘白上了至杭州的火车，刚安顿下身子，棋瘾就爬上来了。一节一节车厢去找，看是否有人下围棋，来来回回看见的只是打牌下象棋喝酒睡觉吃零食，就是没人下围棋，很扫兴，回到座位上一靠，就睡了。一觉醒来，太阳好像已从另一边升起，透过窗子，睡眼惺忪地瞅着大片大片掠过的原野和静止不动的天空，渐渐地，脑子里明晰出一个棋盘，棋子像黄昏的星辰慢慢地露出端倪，大概这就是神游局内了，兀的一种灵感阔大地冉冉地上升，顿觉自己进入一种新的境界。原来这趟北京没有白来，虽然不曾对局，和表兄见见面也熏陶了一遍，自己的棋艺已经焕然一新，差不多和表兄立在同一境界了。待睁眼想明确地留住这一意念，却从眼皮之间消失了，刘白有一种坠落的感觉。

很久没吃东西了，胃有点疼，刘白起身去餐车找吃，走过两节车厢，意外地看见有人下围棋，刘白站在过道里，就不动了。这件逸事，两年后郑虹六段在报上回忆说，当时我们一班人南下参加一个邀请赛，在车上对局的是张文东和陈临新两人，快到南京的时候，不知哪里钻出一个人来，站在过道里很专注地看他们下棋，那人个子短小，脑袋也不特别大，但眼睛炯然有神，显然是个聪明又不引人注目的人物。有人观棋是平常事，他们只把他当作一个棋瘾很重水平不高的棋迷，并未引起注意。那人大概技痒，看他们下完，就夸他们棋艺了得，说，我们也来一盘吧。他们两人都想休息一下，又不好意思推却，就建议我跟他练练。我点点头，那人就很兴奋，指着对面座位说，请挤一点。他们挪了挪，也只能挤出一点空，那人就半片屁股坐在坐垫上，半片屁股放在过道里，不断让行人擦来擦去。当时我们只是暗笑，不敢披露专业棋手的身份，怕吓跑他，真没想到他棋艺居然那么好，思路阔大悠远得让人难以想象，张文东他们都看傻了。很遗憾才下到中盘，车就到杭州了，我们不得不收枰下车。出了月台，正想探问他的来路，那人却不见了。

刘白懵懵懂懂跟他们下车，脑子里想的还是下一手，出了月台，猛地记起包裹还搁在车上，急急忙忙跑回去拿，早有贪小便宜者替他拿走了。刘白想丢就丢了，反正也不贵重，就是几件衣服和一些日用品，有棋下，丢个包裹算什么。三五步奔出月台，四下寻找郑虹他们，哪里还有？刘白叹道，为了一个破包裹，把对手丢了，真不值得。垂头丧气走到街上，需要钱用，摸摸口袋，一点钱也不翼而飞了。这下倒霉了，没有钱怎么回家？刘白猴急着搜遍口袋，结果一无所获，更加沮丧，偏偏这时胃也凑热闹似的疼痛起来，逼得刘白用手去按。既已如此，也只好先找个地方休息吧。刘白回到候车厅，寻个座位坐下，反反复复按摩胃部，额上竟出了些虚汗。又坐了些时，刘白才想起可以求人援助，一下乐了，胃就不疼了。杭州他有不少文友，男男女女总有一打，找谁都可以。那么让谁慷慨解囊当一回义士，他就必须有所选择了，男人没意思，讲起自己的窘况准被嘲笑一顿，当然要找女人，回去也好让雁南吃点醋，可惜会写作的女人都难看，相比之下还是瘦竹的样子有点意思。她在一所大学教书。刘白看咨询台那边有电话，就去查阅电话号码，守台的忽然说，市内打一次五角。刘白心悸一下，查了号码默记心里就走，听见背后守台的骂他小气。五角哪里有，找枚五分的吧。刘白漫不经心地在候车厅踱来踱去，终于眼前一亮，一枚五分硬币银亮地躺在那里不动，刘白一步跨上踩牢，手煞有介事地伸进口袋，提起半张废纸让它从口袋边沿朝脚下滑去，自自然然猫腰拾起，重新塞回口袋，然后悠然自得地步出候车厅。

　　找到公共电话间，刘白独自玩赏了一会儿那枚得之不易的硬币，才慎重地投进去，像下棋投下一粒白子。电话立即通了，瘦竹在那边问，喂，谁呀？我是刘白。刘白呀，你在哪里？我在车站。快来吧，我在校门口等你。刘白正要说自己非常需要她来车站接，电话却捣乱似的断了。

　　去瘦竹那里，要换两班车。刘白硬着头皮挤进公共汽车，胸部里面有个东西老是颤颤的，眼珠子从乘客的肩膀间透过去，一直严密地监视着售票员。一路总算有惊无险，车一到站，逃亡似的跳下车门，松一口气，不料忽然有人拍他袖子，喂，你的票！刘白抬头看边上立着两个"红袖章"，吓得起一身鸡皮疙瘩，见前面有个厕所，急中生智，说，我急死了，你等一下。跑进厕所蹲下。约莫过了方便五回的工夫，刘白才从厕所里一闪出来，拼命就跑，惹得路人反而注意起他来，掉头看背后并无"红袖章"追来，才气咻咻停下喘息。

刘白无论如何也不敢再乘公共汽车了，简直使人神经分裂，还是发扬愚公精神步行过去轻快些。刘白赶到校门口时间已过七点，离他跟瘦竹通话的时间约有四个小时了。刘白在校门口东寻西看，不见瘦竹等他，很是奇怪，进传达室问她办公地点，说早下班了，现在都七点多了。刘白才如梦方醒，有苦难言，晚上完了，现在到哪里去找寄身之所？他平时生活马虎，连自家的门号都不知道，哪里会记人家的住址？杭城朋友虽多，但现在都下班了，竭力在脑海里搜索他们的住址，想了半天，半个也没想起来，反而弄得心力交瘁，气得面对大街破口大骂：钱真他妈混账东西！

这一夜刘白只好露宿街头。

六

刘白说，你猜我那夜怎么过？饥寒交迫，胃疼得难受，只好找了一支粉笔，在校门口画个大棋盘，画谱自搏。围棋真是好东西，能使人废寝忘食，面对绝望，棋手最好的解脱方式就是下棋。画着画着，胃就不疼了，饿感也不存在了。一盘棋画完，瘦竹就上班了，小心翼翼问我是不是就是刘白。

雁南说，她准以为你是个疯子。

是这样。刘白突然一拍大腿，啊，我理解棋癫子了，他不是疯子。

我也觉得不像个疯子。

明天去看看。

刘白一夜无心睡觉，窗帘微微泛白，就匆匆赶往广场，于薄明中见棋癫子遥坐树下，尚未开局。隔一点距离，盘腿面他而坐，摆出要与他对局的架势。棋癫子看也不看刘白，手指间夹一粒石子儿悬在面前，看来就要落子了，迟迟却不落下。耳旁传来鸟噪，刘白仰头看去，见是一群麻雀在柳叶间跳来跳去。忽然那上面即将逝去的夜空吸引了他，星子一粒一粒淡淡地隐退，刘白想起天作棋盘星作子那半句对子，觉得天确实像个棋盘，棋盘渐渐地透亮，深蓝得一无所有。

太阳从东边屋群的空隙处升起，一抹紫红的光线照射过来，映得棋癫子仿佛一团凝固的紫色。他终于无声息地落下一粒石子儿。地上并无棋盘，也就是四方的一块空地。棋癫子的棋盘就在心里。刘白凝视空地上的那粒石子儿，茫然不知石子儿落在何处。待空地上落子渐多，摆出某种模样和阵式，刘白才感觉到棋盘从地上隐现出来，石子儿落在棋盘上，看得分明又无法穷究。刘白如同进入宇宙，陷入浩渺的惊叹之中。

路人发觉老柳树下又多了一个人，重新勾起了兴致，都驻足探问。刘白并不作答，任他们发着各式各样的议论。有几位熟悉的却一个劲儿追着问，刘白，你干什么？

刘白移过身子说，还能干什么？

跟他下棋？

看看。

有什么好看？

妙极了，你也看看。

熟人看看又看看，说看不懂，实在没什么可看，刘白看他们扫兴，也就不再勉强。

中午雁南见刘白没有回来，吃了饭，也来广场看个究竟。这是夏天，广场一片白光，老柳树被晒得蔫枯，行人都躲阳伞下或草帽下疾走。刘白依然蹲那里，样子像一只烫熟的虾，脸上滚着热汗。雁南说，看出名堂没有？

刘白很激动地点头。

还是回去吧，看你热的。

还行。你看他，一点儿汗没有，心静体自凉。

雁南细看棋癫子，果然无汗，觉得不可思议，说，真玄。

是玄，他的棋更玄，回去我把谱记下来慢慢研究，这是围棋史上的奇迹。

我们这样说话，会不会影响他的思路？

不会吧。早上不断有人打搅，我说了不少话，不见他有反应。

太热了，太阳真辣，我都站不住了，我看你还是等秋天再看吧，这样曝晒要中暑的。

32

不行，晒死了也要看，其实也不热，就是汗多点儿。

路上我听见有人议论纷纷，说老柳树风水好，又多了一个疯子。

我也听见了。

我去给你弄点儿吃的，给他也带一点吧。

不要，不能破坏他的习惯，以免发生意外。

伞给你。

不要，我也锻炼锻炼。

这年夏天，刘白在广场上度过。因为地面太烫，他一直蹲着观棋，没有练就像棋癫子那样席地而坐的功夫，脸晒得黑红，肉瘦了一圈，但是没有中暑。太阳能使草木枯蔫、大地干裂，却晒不倒一个刘白，这也是令人费解的。大概脑子清静，也就水火不入。疯子都生活在季节之外，夏穿棉袄，冬着单衣，时常可以见到。这期间发生了一件趣事，刘白的母亲从乡下赶到广场，见儿子果然曝晒着看人玩石子儿，顿时号啕大哭。刘白说，妈，你怎么啦？刘母说，白儿，你这是怎么啦？三伏天在这里晒着？我听大家说你疯了，好端端的你怎么就疯了，我就你一个儿子啊。刘白说，我干事情，我哪里疯了。刘母说，你真的没疯吗，让妈考考你，你还记不记得你三岁时在地上抓鸡屎吃？……这则笑话，后来随《沧桑谱》在棋界广为流传。

太阳轰轰烈烈烤了刘白三个月，没烤倒刘白，只好收起了炎威。秋风起了，然而意外也发生了，棋癫子不见了。这是九月八日，令棋界伤感的一个日子，《沧桑谱》因此不得不画上句号。

事先没有任何迹象表明棋癫子要在这天消失。那日清晨，刘白一如既往走到广场，见树下空空荡荡，说，奇怪，他今天怎么迟了？也不着急，蹲到老位置上静候，他已习惯于蹲着。这是个好日子，风凉而不寒，天空高远得令人神往，刘白默默地赞美着天气。广场上渐有人活动，一些老人疏朗地排列各处练太极拳，轻柔曼舞，飘然欲仙。太阳升到广场上空，四围熙熙攘攘，人声嘈杂，棋癫子还是没有来。刘白这才意识到他今天不会来了，他突然觉得烦躁，心中有种不祥的预兆，要去找他，又发觉自己并不知道他的住处，甚至不知道他来去的方向。那就只好漫无目标满城去找。刘白逢人就问，看见棋癫子没有？不是坐老柳树下？不见了。那就不见了。再问他住处。谁也不曾注意他的住处，好像他根本不需要有个住处。刘白找到天黑，只觉着渺茫，心里陡然产生虚幻感，觉得棋癫子并不曾真实地存在过，自己整整一个夏季蹲树下观棋只是一场梦。

刘白疲乏地回家，伤心地道，棋癫子不见了。

怎么不见了？

就这样不见了。我找他一天，哪里都跑遍，一点儿踪影也没有。

雁南凝思一会儿说，这之前有没有反常现象？

没有。

你有没有打搅他？

34

没有。我没有打搅他，从来没有跟他说过话，也不敢。谁也没有打搅过他。

他是不是讨厌你观棋，躲起来了？

不对呀，要是这样，我观棋的第二天就该躲了，干吗过了那么久才躲？我有种不祥的预兆，怕他是死了。

我也这样想。

不管怎样，我们都得找到他。

刘白和雁南发动所有的熟人，开始大规模地寻找棋癫子，并在报上、电视上登了广告，说一代国手乃国之瑰宝，突然失踪令人痛惜。这样说说无关痛痒，自然不会引起广泛重视。几天后，刘白和雁南商讨，说得付出代价，便重登广告，特别声明有谁发现，本人愿以彩电一台酬谢。本来人们觉得兴师动众找一个疯子很滑稽，但广告者愿以彩电酬谢，那么棋癫子也就是彩电，兴趣就异乎寻常了。那段时间，小城的人们有意无意都在寻找棋癫子。他应该是很好找的，因为人人都认得，然而最终却像一场骗局，谁也没有找到棋癫子的一根毫毛。刘白愤愤说，真岂有此理，死了也该有具尸体啊。他无法相信棋癫子会这样不留痕迹地消失。小城的人们都把这事淡忘了，他尚不甘罢休，不断去老柳树下守候，期望棋癫子会在某一瞬间突然闪现。这种顽强的寻找，不久之后因刘白的入狱而告结束。

棋癫子就这样如一缕轻烟彻底消失了，至今无人知道其下落，但他留下的《沧桑谱》却震撼了棋坛，以后还将久远地震撼下去。《沧桑谱》的名字是刘白取的，就是他从广场上记下的棋谱。棋癫子自搏，一日一局，刘白共记录了八十八局。令人不解的是八十八局中没有一局是完谱，都到中盘就中断了，100手至150手不等，黑子和白子关系微妙，无从判断优劣。刘白在后记中郑重地说，这不是他的疏忽，国手每下至中盘就走了，翌日重新开局。至于什么原因，他也不知道，也许是自搏特有的现象吧，终盘必有胜负，然而都是自己下的棋，究竟谁胜谁负呢。也有几谱是自然原因造成的，夏日雷雨多，一下雨地上就积水，将石子儿淹没，国手虽然照弈不误，但地上水波翻腾，无法看清落子位置，只好如此了。

《沧桑谱》最初是雁南寄给表兄马九段的，马九段阅后认为古今无类，很快就送给《围棋报》《围棋天地》两种报刊分别发表，同时出版单行本，由他作序，叙述国手简历。对棋谱本身，马九段只泛泛赞叹为伟大的杰作，没有细加讲解，这是他的聪明之处。一个月后，日本几乎所有的棋类报刊都部分转载了《沧桑谱》，并且也出了单行本。又一个月后，早已隐退的吴清源先生发表评论，称颂《沧桑谱》得道家真趣，入逍遥之境，无为而无不为。从境界上看，棋谱是完美无缺的，没有后半盘，正像中国传统山水画里的留白，魅力无穷。吴先生最后追忆了国手年轻时的音容笑貌，说人世沧桑而棋道恒一。此后，《沧桑谱》的棋风顺理成章地被命名为"逍遥流"，模仿研究者日众。短短几年，《沧桑谱》已有二十余种版本，见仁见智，众说纷纭，恐怕要成为棋坛的《红楼梦》。

给《沧桑谱》抹上最后一笔悲剧色彩的人是刘白。《沧桑

36

谱》轰动之时，正是他身陷囹圄之日。这之间冥冥中的联系，确有点玄。

七

也就是期待棋癫子重新出现的某日，刘白从老柳树下毫无目的地往北走去，进入一片新盖的居民区。这地方他没来过，所以免不了东看西看。忽然一个五岁上下的小女孩吸引了他，他觉得那女孩长得清秀，幼稚可爱，长大一定很动人。小女孩一个人立在日光下，一只小手很有兴味地按着另一只手心揉搓。揉一会儿，撮起手心里的东西眯眼细看，刘白看见小女孩玩的原来是一粒棋子，白的，那白子质地清纯，磨得柔嫩滋润，仿佛透明，又不反光，很不同于通常的棋子，好像妇女颈上卸下的玉制饰物。刘白来了兴趣，就过去问，小朋友，你手里玩什么好东西呀？

小女孩见刘白满脸笑容，吃吃说，棋子呢。

真好看，给叔叔看看好吗？

小女孩大方地将棋子塞给刘白，刘白揉揉看看，看看揉揉，确定是粒玉制棋子，喜不自禁，马上联想到棋癫子失踪多年的祖传之物，想不到今天在这里出现了，那么棋癫子失踪肯定和棋具有关，他一定也是发现自己的传家之宝而去追寻了……

叔叔，叔叔，你也喜欢棋子吗？

刘白激奋得忘了身边还有小女孩，赶紧说，喜欢，喜欢极了，告诉叔叔哪里来的？

自己房间里捡的。

还有吗？

没有了，就一粒。

送叔叔好不好？

你给我买泡泡糖。

好。

再买一辆小汽车。

好。

小女孩高兴得拍手大叫，爸爸，爸爸，有个叔叔给我买泡泡糖还买一辆小汽车，我不要你买了，爸爸，爸爸，坏爸爸。

屋里的爸爸说，是哪位叔叔？不许买。

不许你管，是位新叔叔。

那人听说新叔叔，从屋里出来，朝刘白不知所以地笑笑。小女孩过去说，这位叔叔要我送他棋子，他给我买小汽车。

刘白说，这棋子很漂亮，你一定也是个棋迷吧？我叫刘白。

你就是刘白？久闻大名，听说你棋下得很好。

见笑。能否把你的棋具借我看看开开眼界？

其实也很平常。那人进屋去端了两盒围棋出来，塑料罐子装的，刘白掀开一看，是随处可见的磨光玻璃制品，说，不是这副，跟这粒棋子不一样。

我就一副棋。那人看看刘白手上的白子，确实比盒里装的可爱得多，就沉默了。

你听说过没有？广场上的棋癫子有副祖传的棋具，白子是白玉磨的，黑子是琥珀磨的，价值连城。

的确听说过。

刘白夹起白子目光逼人，说，这粒白子就是白玉磨的，就是那副棋子中的一粒。

那人听了勃然大怒，指着刘白骂道，你的意思是我抢了棋癫子那副棋具？岂有此理，血口喷人！那人恶恶地一把夺过刘白手上的白子，走回屋去，出来砰的一声关门，抱起立在一旁发傻的小女孩，理也不理刘白走了。

刘白自语道，哼，你不要装模作样，你走得正好，看我搜出那副棋具，你还有什么好说。刘白哼完就去敲门，确证里面无人，寻了一块铁皮当工具，弄开门，进入房间，反锁了房门，翻箱倒柜折腾半天，撬开所有锁着的柜子和抽屉，却是不见棋癫子的祖传之物。刘白搜寻得大汗淋漓精疲力竭，对着被他倒腾得乱七八糟的房间骂，活见鬼，藏哪里去了？

刘白拿了那粒玉磨的白子赶回家里，心急火燎向雁南叙述了整个过程，雁南听了脸铁青道，天下真有你这样的笨蛋，你不知道你在犯罪？

刘白说，做也做了，先不想这些。我猜测这里面隐藏着一件骇人听闻的谋杀案，棋癫子失踪绝对和棋具有关，他发现后一定想方设法拿回，那人心狠手辣，把他杀了，并且毁尸灭

39

迹。棋癫子肯定完了，围棋史上最伟大的大师遭人谋杀了，真令人痛心疾首。

雁南说，走，我们上公安局去。

刘白庄严地向警察讲述了事情经过和自己的推理，义正词严要求他们侦破国手失踪案，以告慰国手于泉下。警察听后也像雁南一样问，你不知道你在犯罪？

平时知道，当时忘了。

你讲的基本属实，那人已经报案了，说你还拿走了三千元钱，你拿没有？

没有。房间里好像是有钱，不过我没注意，我只拿了一粒棋子。刘白把白子交给警察，补充说，这是重要线索。

好了，国手失踪我们会立案侦破，谢谢你的合作。但很遗憾，你已经触犯刑律，我们必须把你关起来。

好。我再声明一下，钱我没拿，不能污人清白。那人怎么这样下流，居然诬告我偷钱？

现在还不能证明你没拿，我们会查清楚的。

刘白被带进监牢，进门先闻到一股浓重的厕所味，被熏得感冒似的打了一个喷嚏。他看见犯人都把光头埋在腿弯里默不作声。警察锁门走后，忽地一人弹上前来，朝他劈头盖脑就是一拳，打得他嘴里涌上腥味。他舔了舔嘴唇茫然地看他们哄笑。其中一人眼珠子一轮，又有三人同时蹿上，两人按了臂膀，一人在他身体上下乱搜，搜完了，下作地朝他胯下不轻不重捏了一把，大家又是哄笑，笑足便审问犯人般要他交代"进

40

宫"经过。刘白让他们惹得恼火，说，等我有兴趣时再说吧。也好。大家说着先后伸出臭脚泡入一个脸盆互相铲，铲了片刻，一人端了洗脚水迫他喝下。刘白见洗脚水墨黑，一层油垢厚积着，气味逼得人要吐，才体验到监狱为什么恐怖，就明智地改变态度，笑道，这个怎么能喝？

不能喝才要你喝，这是规矩。

免了吧，大家都是难兄难弟，何必这样，我给诸位讲个故事，怎么样？

先讲吧。

大家要不要听下棋的故事？

谁要听！讲别的，讲得好可以免喝。

男女之间的荤话，刘白有很多现成的，以前当作家时，文人相聚经常说这些逗乐。刘白挑了几则含蓄而又充分体现中国人幽默感的说了，这方面犯人悟性都好，大家听了相当满意。刘白出狱后说，后来大家就患难与共了，倒也蛮有意思。

刘白交给警察的那粒白子，经过科学检测，证实是磨光玻璃，并非白玉制品，只是经小女孩揉搓，色泽起了变化，感觉上确乎像玉。重要线索如此谬误，刘白因此入狱的国手失踪案也就不了了之。后来刘白也反省说，当时自己可能有点走火入魔，忘了棋癫子早已不用棋具，即便发现了自家祖传之物，也未必会在意。把国手失踪假设为骇人听闻的谋杀案，恐怕只能存在侦探小说里。

八

刘白入狱后，不断受到审讯的是那三千元钱，这使他感到受辱，时常要跟审讯者吵起来。三个月后，被刘白搜家的那人上公安局说钱找回了，掉在柜子的夹缝里，这才真相大白。

刘白出狱那日，天下了大雪，有许多人早早立在薄薄的雪地里，准备迎接他。雁南抱了孩子站在看守所的铁门前，雪花一阵紧一阵落到他们身上。七点三十分，刘白光着一个脑袋出来，大家见着都默笑了，刘白见那么多人看他默笑，有点尴尬。雁南上前接着，说，受苦了吧？还行。雁南便催孩子叫爸爸快叫爸爸，孩子怯怯地看着刘白，往雁南怀里躲，刘白伸嘴去亲了一口，正想抱他，孩子就哭了。刘白讪讪地道，认不得老子了？说着转向大家，大家就纷纷围拢来问寒问暖，刘白发觉圈外还立着一圈陌生的脸孔，不解他们干什么也来接他，又不好意思问，只好先表示感谢，抹抹光头上的雪水说，谢谢大家，有那么多人接，我倒像个凯旋的英雄了，真不好意思。雁南把一件灰色呢大衣披在他身上，又替他戴上一顶绅士帽，刘白形象就改观了。雁南说，你今天最想干什么？

刘白想也不想说，下棋。

好，表兄等你呢，我们走。

他来啦？这么巧！刘白白里透青的脸上很兴奋。

马九段是雁南个人邀请的，好让刘白一出狱即和表兄对上一局，以慰狱中的苦辛，后经中国围棋协会和当地政府的参与，场面就变得空前隆重了。由于《沧桑谱》震撼棋坛，棋癫子又不幸失踪了，人们就把荣耀都加到刘白头上，安排在出狱那天，有同情的意思，也是雁南的用心。这是他当时不知道的。

刘白走进体委会议室，发现里面坐满了当地头面人物，而毫无下棋的意思，吃惊地道，这是什么意思？雁南说，大家欢迎你呢。正惶惑间，表兄前来握手，说，又见面了，祝贺你。接着市委书记握手，接着市长握手，刘白手伸外面只觉得发僵，接着被热烈地推上主席台就座。市委书记吹吹话筒宣布会议开始，接着市长代表当地政府致辞。刘白不知所措地坐在主席台上，迷迷糊糊耳朵似乎漏风，只嗡嗡听得有人鼓掌有人说话，却不清楚说什么，等他逐渐清醒过来，适应了这种气氛，已是马九段在讲话了。马九段说，众所周知，没有刘白，就没有《沧桑谱》，刘白对围棋事业的贡献是不言自明的，有鉴于此，他代表中国围棋协会授予刘白杰出贡献奖。授奖毕，主持人市委书记请刘白发言。刘白持着话筒，见那么多人那么严肃地听他说话，突然觉得无话可说，将话筒送回去，说，免了吧。市委书记又将话筒送回来，说，不能免，讲几句。刘白只得应付，清清嗓子说，真是受宠若惊，一小时前我还是囚犯，想不到现在坐在这里，好像很荣耀，谢谢大家。

散场后，刘白发牢骚说，莫名其妙，下棋就下棋，搞什么名堂！

雁南说，还怕没棋下？要不要让子，你想想。

刘白掀开大衣掏出一团纸揉开，说，这是我在狱中画谱自搏的棋谱，拿给表兄看看，他知道要不要让子。

马九段和刘白对局，虽然是纪念性的，只表示友谊，不是正式比赛，但当地体委为了尊重马九段，完全按照正式比赛的规格，有裁判有记录，还挂盘以满足棋迷兴趣，唯一缺憾的是因为缺乏合适人选，没有讲解。照雁南的意思，马九段原准备授二子，实际上是一盘指导棋。刘白拿来棋谱，马九段说，看看也好，知己知彼。五分钟后，马九段脸上现出惊异的神色，改变主意说，我们猜先吧。

刘白说，好。

这盘棋刘白幸运地猜到黑子。他突然觉得对局室有点热，脱了帽子露出光头朝表兄笑笑，礼节性地将一颗黑子放到对方星位上。

马九段看看刘白，然后视线缓缓上升直到天花板，习惯性地支起双手托住下巴，旁若无人地进入沉思，跟雁南描述的他小时候下棋模样无异。这确是大棋手才有的风度。刘白感到心里发紧。十七分钟后，马九段伸手摸子，以他拿手的小目开局。事后马九段说，这段时间他脑子里盘桓着刘白狱中画谱自搏的形象。

马九段一起手就长考，自然给对局造成异常紧张的气氛。但是接着两人却意外地落子如飞，不到半个小时，就下了50手，这或许是一种心理战术吧，你快我也快，很是胸有成竹。至54手，马九段率先停下长考，马九段又手支下巴，眼珠子

44

朝天，手指间却不停地玩弄着一颗白子。这手棋马九段用去两个小时，外面的棋迷见里面久不落子，就前前后后赶回家吃饭，纷纷说刘白确是怪才，能逼得马九段这样长考就不得了了。

这漫长的两个小时，刘白脱离了棋盘，拿过记录的棋谱一动不动伏那里看，光头上袅袅地冒出热气。他又回到了画谱自搏的状态，忘了是跟马九段对局，不觉间，伸出食指用指甲在谱上画了一圈。这个细节马九段没有看见，他们一仰一俯，谁也不看谁。两个小时后，马九段从容地把白子下到盘上。记录者诧异地发现马九段的54手，正好落到谱中刘白画的圈内。

马九段和刘白对局，人们原以为胜负是不言而喻的，可看的只是过程，现在居然出乎意外地不分伯仲，立时兴趣倍增。挂盘本来放在会议室里，下午人越聚越多，不得不移到体委大楼门前的空地上。这时雪止了，大家立在雪地上不断地踩脚驱寒，很快把积雪给踩烂了，稀里糊涂汪汪一片，大家就不断踩着一汪污水看棋。进入中盘，局势越发微妙，马九段已经读秒，落子飞快，却接连施放胜负手，显示了马九段深奥的功力。现在是考验刘白的时候了。很长时间黑子没有动静，大家都静场翘首以待。这时，人缝中挤入一人，很突兀地大声问，刘白是不是在这里下棋？大家别转脸看，正要发话，那人又大声说，他的电报。雁南说，交给我吧。那人急急把电报递给雁南，表情晦涩一言不发就走了。

电报是刘白老家打来的，说母丧速归。雁南捏了电报只是

45

发木。大家便问怎么回事，雁南说，没什么事。这时，刘白下楼来小便，人群自动闪出一条路来，刘白毫无表情地穿过积水，到外面雪地上，也不管是否有人看见，掏出小东西嘶嘶一会儿，又毫无表情回去。雁南默默地跟他上楼，到走廊拉住刘白沉痛地说，刘白，刚接到电报，你母亲过世了，怎么办？雁南见他木木的没有反应，又说，你母亲过世了，怎么办？刘白喉咙滚动咕噜了一下，好像咽下一口痰，却什么也没说，失血的脸孔毫无表情地朝对局室走去。

刘白关了门，若无其事坐到棋盘前，又想了一个小时，才沉重地将黑子按到盘上。这手棋他用了两小时十三分，此后两人都进入读秒，弈至264手，马九段见刘白读秒也不出错，吸一口长气，气度不凡地投子认输，说，差半目。刘白手里捏着黑子，闭了眼睛，坐那里木然不动，脸上现着哀伤的神色，马九段觉得怪异，谁赢了棋都喜形于色，他怎么反而悲伤？细看刘白眼皮缓慢地鼓胀着，有两颗泪珠子鼓破眼皮即将滑落，马九段以为他大喜若悲，欣喜道，好，有风度。我为棋坛增添你这样的奇才而感到衷心的高兴。你的棋师承《沧桑谱》，又有独创之处，动极静极，自成一派，前途不可估量。马九段说到此处，听得刘白喉管咯咯作响，以为他要说话，就做凝神静听状，不料刘白却抱了光头大哭起来，泪珠子不断线地滚到棋盘上。这时雁南闻声进来，扶了刘白，含泪说，表兄，两个小时前接到电报，他母亲过世了，我在外面告诉他，你不知道。

马九段静观刘白，肃然道，这才是真正的棋士啊。

你饶了我吧

老婆说："你下午干吗？"

我说："不干吗。"

老婆说："那你陪我去温州吧。"

我说："干吗？"

老婆说："我们达董要聘一位特级教师当校长，晚上到温州请他，达董让我陪同。"

我说："什么达董，不就是达克宁嘛，你去吧。"

一想起达克宁三个字，我就笑了。本来，达克宁也是蛮好的一个名字，但是，后来有一种治皮癣的药，也叫"达克宁"，达克宁作为一个人名，就变得很可笑了。达克宁也曾严肃地宣布改名，但是不管他改什么名，大家就是改不了口，还是叫他达克宁。

不过，我老婆自从进了他的学校，就一直恭敬地叫他达董，就是达董事长的简称，从来不敢直呼其名，即使在家里也是这样，以免损害他的尊严。其实，我和达克宁是多年的老友了，我老婆所以一进他的学校就当了教务主任，也因为我们是朋友。老婆在我面前叫达克宁也达董达董的，我不大习惯，但老婆坚持这样叫，她说：你们是朋友，他却是我的上司，我不能叫他达克宁。

老婆说："不想陪我啊。"

我说："你们聘校长，我陪你干什么。"

老婆说："晚上回来可能很迟，我要你陪。"

我说："你跟达克宁一起回来就行了。他反正有车。"

老婆说："达董可能不回来。"

我说："真麻烦，这该死的达克宁，他又不发我工资。"

老婆说："别啰唆了，我发你工资。"

我在家闲着也是闲着，就陪老婆到了温州。但接着问题就来了，老婆陪达克宁去请人吃饭，我干什么呢？我说："我干什么啊？"老婆觉得这确实是个问题，想了想，恍然大悟说："何光平不是调到温州了？你去找他玩，你就在他那儿等我。"

幸好这年头找人很方便，我一个电话就找到了何光平。今天是星期日，何光平刚调到温州不久，还相当老实，一个人窝在家里。何光平说："你不是很讨厌温州吗，你来温州干什么？"我说："是啊，就是啊。可是老婆要我陪她来温州，然后她又陪达克宁去聘什么特级教师当校长，真倒霉。""达克宁？嘿嘿。"何光平说，"我很久没见达克宁了，他现在怎么样？"我说："肥头肥脑，好像很忙，前几天我看到过他，很忙的样子，说自己忙得连小便都出血了。""那他到底在忙什么啊。"

50

何光平就很开心地笑起来。

"钱多了也不好，钱多了这么忙。"何光平说，"达克宁总有一个亿了吧。"我说："是的，亿万富翁了。"何光平就做吃惊状，似乎对自己说出的这个数字缺乏心理准备，说："真奇怪，达克宁怎么就成了亿万富翁？"

是的，达克宁好像是不应该这么快就成了亿万富翁，本来，他跟我们也没什么两样，也许还差一点，在创办私立学校之前，他是县城某中学的教师，也不算出色。其实，他一点儿也不喜欢教师这种职业，他原来的志向是去县府当秘书，然后当科长，然后当主任，然后……但总不能如愿，达克宁就很有点怀才不遇的意思。那时，他几乎天天来我这儿，一见面就喊：没劲，没劲，真他妈的没劲啊。这么没劲的生活过了好些年，后来达克宁出了点儿事，有一次在一家小旅馆里嫖妓，当场让警察给逮住了，要罚款五千元。达克宁电话打到我这儿求救，害得我四处替他借钱。警察拿到钱后，人是放了，可还是把嫖娼的事通知了学校和他老婆。这事不仅影响家庭生活，同时使他在学校里也相当难堪。教师理当为人师表，怎么可以嫖娼？达克宁觉得无法在学校里再混下去了，索性下了海。一年以后，他创办了温州第一所寄宿制私立学校。当时，温州人还不太明白办学也可以赚钱，达克宁也未必像他后来所说的是个先知先觉者，他顶多就是摸着石头过河，走一步看一步。不过他这一步算是走对了，我们县里外出经商的人很多，他们孩子大多扔在家里，寄宿制学校完全符合他们的需要，达克宁的学校也就像面包一样膨胀起来了。这类学校收费是极其昂贵的，据说达克宁一年可以净赚五千万。现在，他当然是我们这群人里最阔的了。俗话说，人一阔，脸就变，这方面，达克宁还是不错的，他的脸，除了越来越胖，也没怎么变，是朋友的还是朋友，只是见面的机会渐渐地少了，因为他实在是太忙了。

我们又谈论了一会儿达克宁，实际上谈论一个原本跟我们一样而突然发迹的人，是让人不舒服的。我们把达克宁发迹的原因归结为嫖娼，这样好像就获得了一种平衡。何光平说："不说了，不说了，我们还是下棋吧。"说着何光平搬出了棋具，我们就开始下棋。我完全忘了我是陪老婆才来温州的，等我想起老婆已经是夜里十一点钟了。我有点奇怪这么晚了老婆还没打电话来，就打了一个电话。老婆说："还没完，你再等会儿。"我说："还没完？还在吃？"老婆说："不是，我们在达董的房间里。"接着就是达克宁的声音了，达克宁说："刘和，你过来，金鹿大厦二十八层2808号。"达克宁的声音很兴奋，好像喝多了，我好像在电话里也闻到了酒气。

金鹿大厦是温州有名的豪宅，住在里面就表示你很阔了，达克宁在那里有一套房子是很正常的。我到金鹿大厦，老婆已经在楼下等了。我说："都快十二点了，还没完。"老婆说："达董喝多了，一定要拉那个特级教师来他这儿续谈，也不让我走。"我说："那我们上楼打个招呼就回去吧。"老婆说："好。"但是，我们被保安拦住了，保安客气地说："请问你找谁？"老婆说："我是下楼来接人的。"保安很警觉地看了看，不认识，又客气地说："对不起，请问你找谁?"老婆只好说："我找达董。"保安说："对不起，我们这儿没有这个住户。"老婆说："就是达克宁。"保安这才"哦"了一声，接通达克宁的电话，经他同意后，才放我们进去。

我说："出问题了吧，你整天达董达董的，人家根本不知道你说谁，还是叫达克宁好。"

老婆说："我叫习惯了。"

达克宁早开了门，站在门口，好像在迎接一个重要人物。见了我，动作非常夸张，紧紧握着我的手，他的手心全是汗，而且越握越紧，捏得我都很疼了。我们以前天天见面，是从来不握手的。我说：

"别握了，我的手被你握疼了。"

达克宁松了手说："啊，哈，我不知道你也在温州。"

他的意思大概是他若知道我也在温州，就一定请我也一起吃饭。我看了一眼客厅，客厅很大，靠墙的一边摆着一套家庭影院，五十四寸的背投电视；另一边摆着一架钢琴，中间摆着一套红木沙发，其中一张沙发上坐着一个人，应该就是他要聘请来当校长的特级教师了。达克宁拉了我坐在沙发上，很响亮地拍着我的肩膀，介绍说："马校长，这是我的铁杆哥们儿，刘和。"又指着我老婆说，"就是她老公。"马校长便谦恭地起立，将上半个身子弯在茶几上，伸了手来跟我握。马校长年纪在四十岁左右，瘦脸，架一副眼镜，我注意到他的表情有点紧张，好像还有点尴尬，这使他看上去有点委琐，不太像一个校长。不过，这跟我没有关系。握完手，我也拿手很响亮地拍达克宁的肩膀，好像是发现了他的什么隐私。

"原来你在这儿还有一套这么好的房子，也不告诉我们，金屋藏娇啊。"

达克宁说："哪里，哪里。"

达克宁又拉我起来，并且随手搂了我的腰，把他的重量都靠我身上，嘴上哼着："刘和啊，刘和啊，我真不知道你也在温州啊。"好像我在温州是重大事件，应该列入他的议事日程重点安排的。我说："你醉了吧。"达克宁喷着酒气说："还差一点，我带你参观参观阳台。"然后拉拉扯扯上了阳台，原来他这套房子的精华全在阳台上。阳台让人吃惊的大，大得已经不是一个阳台，而是一个花园了。这是金鹿大厦的第二十八层，最高层，好像一半是房子，一半是阳台。阳台铺了草坪，草坪上种着树和花，客厅里透出来的光线只照亮了一小块草坪，光线外面的树和花和草，在暗中就看不真切了。老实说，我从未见过这么阔的阳台，看得我，怎么说呢？心酸了，甚至连眼睛也酸了。达克宁挺了把腰杆，把他的重量从我身上挪开，得意地说："还行吧。"我说："当然，那当然。"达克宁就踌躇满志地引我到阳台的边沿，倚栏而立，整个温州市忽然就出现在下面了，仿佛是在深不可测的深渊下面，下面的灯火也有了几分虚幻的性质。站在二十八层的高度，肯定是很有优越感的，我突然就有了一种豪气，觉着只要随便吐一口唾沫，就可以把整个温州市淹没。达克宁肯定也是这种感觉，他似乎不屑于看下面的温州市，而是仰头看天，一种仰天长啸的姿态。他上面的夜空好像比下面的温州市离我们倒还近些，人在这等虚幻的感觉里，应该是幸福的。不料达克宁却猛地尖叫了一声，那声音充满了狂躁和痛苦，好像是被什么东西意外咬了一口，吓得坐在客厅里的马校长和我老婆跟着也尖叫起来，他们大概以为达克宁从阳台上掉下去了。他们冲出来，见达克宁还好好地站着，才松了气，我老婆惊慌地说："达董，你吓死人了。"达克宁眯了眼，快活地说："你不懂，我这种声音叫'啸'，龙吟虎啸的'啸'，很有来历的，很难学的，现在早已没人会'啸'了，只有我会'啸'。"我说："你就饶了老虎吧。老虎听到你这种'啸'，肯定晕倒。""你不懂。"达克宁含糊地说，然后摇摇晃晃回到客厅。

现在，客厅的气氛相当沉闷，达克宁似乎被刚才的那声尖叫耗尽了力气，坐都坐不稳了，他的腰部好像已不堪重负，随时准备折断似的。达克宁无力地靠在靠背上，但立即就感到了不舒服。这种红木沙发，虽然高贵华丽，但一点儿也不适合一个喝多了酒的人靠，它是供人正襟危坐做正人君子用的，它威严的靠背只是正襟危坐的一种装饰，达克宁这时靠在上面，当然不舒服了。他的身体不一会儿就从靠背上瘫了下来，头也歪在了一边，一边的嘴角还浮起了一点白涎。马校长有点坐立不安了，他显然是想起身告辞，但看着达董事长好像已经睡着，就决定不下该不该起身告辞。他看看达董事长，又看看我和我老婆，又伸手推了推自己的眼镜架，还是决定不下该不该起身告辞。他突然问我："你们是朋友？"语气是肯定的。我说："嗯。"他又看了看我，表情很有点尴尬，好像是找不到后面的话了，就没话了。看他的样子，和达克宁之间还颇有距离，达克宁晚上的成就，大概就是把自己喝醉了，并未聘到什么校长。马校长的称呼，可能是达克宁提前赐予的，也可能他本来就是校长。达克宁有没有聘到校长，我不大感兴趣。这样坐着实在是没意思，我也想走了。我朝达克宁说："达克宁，我要回去了。"达克宁没有反应。马校长也立即跟着说："达董事长，我也该告辞了。"达克宁还是没有反应。我推了推老婆，老婆走到达克宁面前，说："达董，你进房睡吧，我们先回去。"达克宁喉咙咕噜了一声，忽然睁大了眼睛，惘然地看着我老婆。我老婆又说："达董，你进房睡，我们回去。""回去？不行，你不能回去。"达克宁站了起来，跟我说："你们不要回去，晚上就住这儿。"我说："住这儿干吗？"达克宁说："我们聊聊。"马校长以为可以走了，插话说："达董事长，你们慢慢聊，我就告辞了。"说着马校长缓慢地起身，但是达克宁伸手将他摁回了座位，说："别回去，我们还没谈妥呢。"马校长惶恐地说："太迟了，下次再谈吧。"达克宁粗声说："不迟，我们现在就谈，你就按我说的办，来我学校当校长，跟你老婆离婚。"

　　达克宁的话让我有些不解，我不知道当校长和离婚有什么关系。马校长的表情更尴尬了，他张了一下嘴巴，想说什么，但又不说了，只是使劲地推着鼻梁上的眼镜，好像他的尴尬都是眼镜压出来的。

达克宁说："我不喜欢你老婆，离了。"

马校长不敢看达克宁，低着头，几乎是求饶说："我老婆是有缺点，但我们是有感情的。"

达克宁说："我说，老马啊，我从来不会看错人的，你老婆确实不好，我叫你离婚，是为你好。"

马校长只好说："是，是的。"

达克宁说："你们离不离婚，其实跟我没关系，我确实是为了你好，我的校长应该有一个好老婆。"

马校长说："是，是的。"

达克宁说："你不要怕老婆，连老婆都怕，是当不好校长的。"

马校长说："是，是的。"

好像马校长并没有离婚的意思，而是达克宁在逼他离婚。我不知道达克宁干吗要逼他离婚。达克宁看上去一点儿也不是开玩笑，他的神态是相当认真的，就像一个长辈在教导一个小字辈，你该怎样怎样。马校长这么低声下气地不断说"是，是的"，让达克宁很满足。那种满足感很快就变成了一种友情，现在，达克宁不叫他马校长，也不叫老马了，而是兄弟。达克宁很有激情地伸出双手握着马校长的手说：

"兄弟啊，你要是不好意思，就说是我、我达克宁叫你离婚的。"

马校长没有说话。

达克宁又说:"兄弟啊,你离了婚,来我学校当校长,我送你一套房子、一辆车,年薪十万,奖金另外算。"

马校长推辞说:"这事我们以后再谈吧。"

达克宁大声说:"你嫌待遇不够?"

马校长连忙说:"不是,不是,我是觉得我能力不够,怕当不好校长。"

达克宁哈哈说:"别谦虚了,你的能力是大家公认的,我不是随便请你当校长的,我请你当校长就是相信你的能力。离婚吧。"

达克宁翻来覆去就是逼马校长离婚,我觉得达克宁实在是吃饱了撑的。我不想看他表演了,一个人跑到了阳台上,阳台很好,夜风迎面而来,很凉爽。不一会儿,我老婆也跟到了阳台上,我笑笑说:

"达克宁还在逼马校长离婚?"

老婆也笑笑说:"嗯。"

我说:"达克宁在干什么?有病?"

老婆说:"他一个晚上都在逼马校长离婚,从吃饭的时候就开始了。校长老婆好像说错了一句什么话,他喝多了,当面就说'你配不上马校长,你们应该离婚',气得校长老婆当场就跑了,马校长也很难堪。"

我说:"喝多了就可以逼人家离婚?"

老婆说:"他发酒疯。"

我说:"马校长也奇怪,怎么由他胡搅蛮缠,他这个熊样,怎么当校长?"

老婆说:"马校长确实很能干的。其实,他并不想来我们学校当校长。"

我说:"那他还这么让着达克宁?达克宁是在侮辱他。"

老婆说:"他大概不想得罪达董。"

老婆靠在了我肩上,抓了我的手,忽然颤抖了一下。我说:"冷?"老婆说:"不冷。"我刚想说点儿什么,但阳台的门开了。达克宁走了出来,他好像是走在一条悬空的钢索上,左右摇摆着,到了我面前,双手往我肩上一搭(我老婆看见达克宁就从我肩上移开了),一口混着恶臭的酒气就喷到了我脸上,幸好一阵风刚好过来,把他的臭气吹散了。我说:

"你不跟马校长谈离婚,出来干什么?"

"看看老朋友嘛。"达克宁说,"他老婆很讨厌。"

我说:"是吗?讨厌就是喜欢,你不是喜欢上他老婆了吧。"

"呸。"达克宁说,"但是,我喜欢你老婆。"

我说:"我老婆不用你喜欢。"

达克宁说:"不行,我就是喜欢,你小子什么都不如我,但就是老婆比我好,我不服气。"

我说:"我可不是马校长,你再胡言乱语,当心我把你从阳台上扔下去。"

"好,好,我不说了,我要尿尿。"

达克宁就兴奋地拉裤裆,准备在草地上撒野。我老婆一见，赶快溜回客厅。达克宁的这个动作，使我想起了多年前的一个夜晚。那时，他刚刚师范学院毕业回到县城，我几乎是他唯一的朋友，他就住我那儿，一边等待分配，一边雄心勃勃地准备改变自己的命运。他的理想不是当教师，而是去县府当秘书，县府秘书当然比一个教师神气得多，但是，一个师范生想跳槽当秘书是很困难的，当时教师社会地位低，师资流失严重，师范毕业生也有极为苛刻的限制，一个师范毕业生若想不当教师几乎是不可能的。不过，达克宁差一点儿就成功了，他虽然比我还小一岁，却早熟得很，那时我还不知道什么是社会关系，他却已经把社会关系操作得相当熟练了。不知通过什么途径，他和县长攀上了关系，县长好像很赏识他，为他特批了条子，同意他去县府当秘书，他甚至还在正式分配之前，提前去县府上了几天班。达克宁以为大功告成，那几天激动得夜里总是睡不好觉，半夜三更还拉着我滔滔不绝地大谈人生。但是，他毕竟刚出校门，还不是十分在行，达克宁通往秘书的路，最后让主管教育的副县长给堵住了。他觉得县长都特批了，还怕什么，不知道副县长也可以不买县长的账。当达克宁得知他还是被分去当教师，气得满嘴"他妈的"，大骂不止。骂完了，达克宁又回到现实，顽强地说：骂归骂，马屁还是得拍。那夜，他搜空了我的口袋，又去别处借钱，买了两瓶五粮液，往副县长家里提，但回来的时候，他手里还是提着两瓶五粮液，副县长显然拒绝了他的贿赂。在我面前，达克宁故意将酒瓶拎得很高，吆喝说，好酒，好酒，他不要，我还不给呢，他妈的，来，我们喝。说着达克宁自暴自弃地拧开了酒瓶，大口大口地喝起酒来，并且强迫我也陪他喝。本来，我是不痛苦的，但是酒就像是一种痛苦的液体，喝多了，不得不也跟着痛苦起来。我的房间是租来的，在顶层，一半是房间，一半是阳台，阳台也很大，房东种了许多的花花草草。现在想起来，就像是达克宁这套房子的一个粗鄙的模型。我们都喝醉了，但是达克宁应该比我更醉，他大喊大叫，不断在房间和阳台之间跑来跑去。然后就站在阳台上朝下面撒尿了，他嘴里还兴奋地咒骂着。第二天，女房东找了我，不客气说："你们太吵了，房子我不租了。"接着女房东脸皮一拉，恶狠狠地说，"还在阳台上撒尿。"

达克宁还是舍不得自家的草坪，只做了一个撒尿的动作，并没有撒，看来他还没有完全醉。我想起女房东的表情，好像她又站在了我面前，恶狠狠地说："还在阳台上撒尿。"我突然觉得很好笑，就抑制不住地笑起来。

达克宁莫名其妙说："你笑什么？"

我说："你还记得那次你在阳台上撒尿吗？"

达克宁说："什么时候？"

我说："你刚毕业那年，住我那儿。"

"哈哈，哈哈。"达克宁热烈地抱了我一抱，说，"幸好那个鸟毛副县长不让我去当秘书，我才有今日。"

我说："是啊，是啊。"

达克宁说："现在，得人家来给我当秘书，那个副县长，居然不收我礼，不理我，现在，虽然他官比我大，我叫他什么时候来就什么时候来。"

那个副县长，现在还是我的上司，我不便跟着达克宁说。达克宁看了我一眼，说："你不相信？我现在就把他叫过来。"说了就找手机，但是他的手机不知放哪儿了。达克宁又要去客厅打电话，我说："算啦，算啦。这么晚了，你把一个糟老头子叫过来干什么？叫个小妞过来玩玩还差不多。""你他妈的，不怕你老婆听见？"达克宁推了我一把，也就算了。

我和达克宁回客厅的时候，马校长正接电话，看见达克宁，马校长的嘴角抽动了一下，把刚想说出的话又抽了回去。大概是他老婆在催他回家，马校长从眼镜后面看了一眼达克宁，好像是在等他的指示，然后才能决定跟老婆说什么话。达克宁说："是老婆吧。"马校长点点头。达克宁说："叫她过来。"马校长说："董事长叫你过来。"他的老婆好像不愿过来，马校长手机摁耳朵上，只是发愣。达克宁等得不耐烦了，说："我跟她说。"接过手机，达克宁说："你过来，我们好好谈谈。"很奇怪，达克宁这么一句话，马校长的老婆就同意过来了。

现在，大家都不说话了，好像我们这样坐着，就是等马校长的老婆过来。达克宁歪了身子，双手叠在沙发的扶手上，然后脑袋叠在双手上，似乎是在养精蓄锐。马校长的眼皮耷拉下来了，但眼角的皱纹却在不停地抖，这样，他的眼角一带就处在了动荡不安之中。不知哪儿飞来了一只苍蝇，兀的停在了马校长的眼镜架上，那苍蝇又瘦又小，好像是饿急了，撅着屁

62

股，这儿嗅嗅，那儿嗅嗅，发现没什么油水，嗡的一声飞到了空中，它在空中转了大小不等的两个圈，才决定落在达克宁头上。它俯身嗅了嗅达克宁头发的气味，好像并不喜欢，但也没有马上离开的意思。它稳稳地在发梢上立了一会儿，忽然又撅了一下屁股，我就看见这只没教养的苍蝇，在达克宁的头上屙了一小堆屎。我刚想笑，告诉达克宁苍蝇在他头上屙屎了，不料它又嗡的一声到了我头上，好像是要惩罚我告密似的，我赶紧摇头，它又停在了我老婆的头上。我可不想它在我老婆的头上屙屎，推了推老婆说："你头上有苍蝇。"我老婆使劲甩了甩头，苍蝇就被甩了出去。它发现我们这边是不好惹的，就不理我们了。它又回到了达克宁的头上。我老婆奇怪说："这么高的地方，怎么会有苍蝇。"我说："苍蝇哪里没有。"我老婆似乎不满意我的说法，想了想，说："一定是随电梯上来的。"我老婆突然来了兴致，就想打苍蝇，但是没有苍蝇拍。我说："别打，有一只苍蝇在飞来飞去有意思多了。"我老婆说："有什么意思？"我不想说它在达克宁的头上屙屎，只含糊地说："你一直盯着苍蝇看，就会发现它很有意思。"

达克宁摇了一下头，迷糊地说："你们在讨论什么？"

我说："我们在讨论苍蝇。"

"苍蝇？"达克宁好像被苍蝇惊醒了，转动脑袋四处看，马校长也睁开了眼睛，但是，刚才还停在达克宁头上的苍蝇，不知躲哪儿去了，达克宁说："哪儿有苍蝇？"

我说："没了。"

达克宁说："我这房子，怎么会有苍蝇？"

我老婆说："刚才确实有一只苍蝇。"

达克宁说："不可能的。"

我说："为什么不可能？"

达克宁说："就是不可能。"

我笑笑说："你是不是觉得连苍蝇都怕你？"

达克宁说："那倒不是，那倒不是。"

就在我们争论房间是否可能有一只苍蝇时，马校长的老婆来了，马校长的老婆站在门口，小心地看着里面，一只手摺在胸前，是一种做好了防卫准备的架势。达克宁说："进来，进来。"马校长的老婆挺了挺胸，避开达克宁的目光，进来坐在了马校长边上。

达克宁说："你还在生我的气？"

马校长的老婆又挺了挺胸，说："没有，没有。"

达克宁说："你不要生气，我不过就是叫老马跟你离婚。"

马校长的老婆郑重地说："董事长，我不知道什么地方得罪了你？"

达克宁说："没有，没有。"

马校长的老婆说："我真不知道我什么地方得罪了你，这么晚了，我本来不过来，我过来就是想问问你我什么地方得罪了你。"

达克宁说："没有，没有。"

马校长的老婆说："如果我有什么地方对不起你，就请你

64

原谅。"

达克宁说:"没有,没有。我只不过就是叫老马跟你离婚,我认为你们俩不合适。"

马校长的老婆坚定地说:"我和我老公很有感情,我们不会离婚的。"

达克宁说:"不一定,那可不一定。"

马校长的老婆说:"我们离婚,也不用你管。"

达克宁说:"谁说的,老马是我兄弟,兄弟的事,我当然要管。"

马校长的老婆气得就不知说什么好了。我老婆看了她一眼,好像有话要跟她说,起来拉她上了一回洗手间,回来,马校长的老婆还是一脸愤怒。老婆又把我拉到了阳台,悄悄说:"马校长的老婆不该过来。"我说:"是的。"老婆说:"我劝她,董事长喝多了,还没醒,不要跟他争,她不听。"我说:"达克宁也没喝多,他在装疯卖傻,他今天肯定是有病。"老婆就不说了,拉我回客厅,我说:"别进去,让他们吵。"我不进去是很对的,阳台的门一关,我基本听不见他们在说什么了,但是,不一会儿,我还是听见了客厅里茶杯的碎裂声,紧接着,就听见马校长的老婆哭了。

我们进去只见马校长的老婆满脸是茶水,茶杯躺在地板上碎成了无数块。达克宁也真太过分了点儿,他发酒疯,为什么要跟一个女人这样过不去。这场面是不可收拾了,我老婆好像是自己做错了什么事,不断说,对不起,实在对不起。我建议马校长带他的老婆先走，马校长很感激地看着我，然后带他的老婆走了。

达克宁泼了马校长的老婆一脸茶水，好像是干了一件什么了不起的事情，非常兴奋。那种兴奋是我没见过的，很难形容，大概跟男人第一次摸了女人有点相似吧。达克宁似乎无法一个人享受这等兴奋，得与我共享，他趴在了我肩上，好像我是他的一根拐杖。"他妈的。"达克宁嘴里哼哼着，"他妈的，那两个讨厌的东西终于走了，我们可以好好聊聊了。刘和啊，我真不知道你今天也在温州。"然后他就在背后像猪一样拱着我，把我拱到了阳台。

"我又想起那次在阳台撒尿的壮举了。"达克宁突然在我耳后说，"我们再来一次。"

我说："好啊，这么好的阳台，确实是个撒尿的好地方。"

达克宁真的就到了阳台边沿，像个伟人那样站着，雄赳赳地朝下面撒尿了。站在这么高的阳台朝下面撒尿，当然是很有快感的，达克宁简直是兴奋极了，好像不是在撒尿，而是在做爱，进入了高潮。

回到客厅，达克宁又想起了那个副县长，嚷嚷着："什么副县长，我叫他什么时候来就什么时候来。"说着就气势十足地拨电话。我老婆吃惊地看着他，阻止说："达董，达董，现在是什么时候了，不要打电话。"达克宁哼了一声，说："没关系，不就是一个副县长，我叫他什么时候来就什么时候来。"但是对方电话关了，达克宁又骂道："他妈的，还关电话。"

我说："好了好了，你睡觉，我们回去，别闹了。"达克宁说："不行，继续玩，我再叫几个哥们儿陪你玩。"达克宁又拿起电话，这回电话通了，达克宁用命令的口气说："过来……越快越好……四个够了……对，金鹿大厦。"然后，达克宁看了看我，满意地说，"几个小兄弟，我叫他们什么时候来就什么时候来。"

大约半个小时后，达克宁的四个小兄弟来了，他们进门的时候，我吓了一跳，他们都是光头，一进门就迅速分成两路，形成了左右夹击的态势，他们的目光都奇怪地逼视着我，冷飕飕的，好像我是他们的敌人。他们那样子我是害怕的，我只能求助达克宁。这时，达克宁趴在沙发扶手上打起呼噜来了，我推推他，说："达克宁，你的小兄弟们来了。"可是达克宁继续打着呼噜，似乎不准备再醒过来了。不过，他们那帮小兄弟见我和达克宁好像是朋友，就不那么敌视了，只是警惕性很高地在一旁站着，其中一个还问我说："什么事？"我说："没事，只是喝多了。"我又推达克宁，直至把他推醒。

达克宁相当艰难地睁了睁眼，看见他的这帮小兄弟，莫名其妙说："你们怎么在这儿？"

他们一个说："大哥，不是你叫我们来的吗？"

达克宁说："我叫你们了？"

他们一个说："是的，大哥，有什么事？"

达克宁摇头说："没事，没事，我可能喝醉了。"

达克宁摇头的动作相当可爱，大家就嘿嘿地笑了。

这时，达克宁的四个小兄弟中，有一人放了一个响屁，达克宁听了，又摇了摇头，继而就哈哈地大笑起来。大家不懂放一个屁有什么好笑的，但看着达克宁这么快活地哈哈大笑，也不能不笑，于是大家又嘿嘿地赔笑一阵。

达克宁转头朝阳台方向看了一眼，外面的天快亮了。这一眼好像完全破坏了他的兴致，达克宁又犯困了，眼皮像舞台的大幕那样，开始缓慢地合上。将合未合之际，达克宁又努力一睁眼，对他的四个小兄弟说：

"没事，你们回去吧，我要睡觉了。"

达克宁的四个小兄弟是开车从县城赶来的，这样，我和老婆也可以搭他们的车回去了。路上这四个小兄弟很有点牢骚，说半夜三更叫他们过去，又没有一点儿事，大哥肯定是有毛病。发完牢骚，他们又仔细打量起我和我老婆来，那是一种研究的目光，似乎他们大哥的毛病，就出在我和我老婆身上。

其实，我也在研究达克宁的四个小兄弟。回家，我问老婆："达克宁叫四个打手过来干什么？"

老婆说："不知道。"

我说："达克宁怎么当上黑老大了？"

老婆打着哈欠说："就是，达克宁这样子，真讨厌。"

我注意到老婆不叫达克宁达董，而是直呼其名了，这让我很高兴，我说："不说了，睡觉吧。"

68

读书去吧

作家曾经是神圣的。譬如说郑君，十六岁的时候就准备当一个作家。但是，这行业有一条古怪且古老的规则，叫作文章穷而后工，与时代潮流完全背道而驰，聪明的郑君转而当了晚报的记者，作家只是个业余的。

在作家还神圣的时候，许多大学都特设了作家班，比如北京大学、复旦大学、南京大学、武汉大学，这些中国著名的大学，争着给一批又一批的作家和准作家们颁发文凭。后来不知怎么的，开设作家班的就只剩下 M 大学一家了，而且要求已获大专文凭的才可以考作家班，好像大专文凭是衡量是否可以成为作家的标准。

郑君二十几岁的时候，也就是作家相当神圣的时候，曾动过几次考作家班的念头，但郑君不相信作家是作家班培养出来的，终于没有去考。郑君一位在街上开皮鞋店的朋友王朋，虽然早已和作家不搭边儿，倒是 M 大学作家班毕业的。王朋现在是腰缠数十万的小老板，从来不提自己曾经读过作家班、曾经梦想当个作家，好像这是人生的一段耻辱。

这天，郑君来到王朋的皮鞋店，意外地问他当年读作家班的情况，王朋似乎费了很大的劲，才总结出当年的生活，不屑地道，很无聊，就是睡懒觉和想女人。郑君说，睡懒觉然后想女人，这样的生活挺美的。王朋说，你问这些干什么？郑君说，我想去考你们的作家班。王朋忽然伸出一只手，在郑君额上摁了摁，笑道，还好，你没发烧。郑君说，别开玩笑，我真的想读作家班。王朋奇怪地看了一会儿郑君的脸，想从他的脸上探究出他为什么想读作家班。王朋说，你已经是作家了，读作家班对你有什么用？郑君说，我只是想过那种生活，睡懒觉然后想女人。

郑君要王朋帮忙索取 M 大学作家班的招生简章。王朋说，这个容易。果然，不多久招生简章就送到了郑君手中，郑君看到最后，见"每学年学费九千元（不包括食宿）"，说，读作家班代价不低嘛。王朋说，涨价了，我们那时一学年才三千元。郑君说，看来像我这样的傻瓜还真不少，否则怎么会涨价？王朋高兴地说，是啊，是啊。郑君说，两年下来总得花掉四五万，书读完了，我也成穷光蛋了。王朋说，报社同意你去读书了？郑君说，当然不会同意。王朋又高兴地说，那么你的工作也丢了，就好好地当作家去吧。

郑君回到报社，并不告诉任何人他报考了作家班，特别不能让总编知道。总编业余通讯员出身，酷爱新闻事业，平时最痛恨作家，因为作家总是有意无意地表示出对新闻的藐视。譬如说郑君，尽管身份是新闻记者，却常常以作家的口吻道，新闻算什么玩意儿？新闻算什么玩意儿？虽然不是当着总编的面说，但总编也知道郑君是个作家，这样的结果就是郑君与总编的关系紧张。郑君准备等考试完了收到入学通知书，就给总编送上一份辞职报告，郑君想象着总编被他以热爱文学的理由炒了鱿鱼，准会气得眼镜掉下来。郑君仿佛就听到了总编眼镜掉到地上的碎裂声，不能自已地笑起来，惹得邻桌正伏案写稿的女同事惊讶地抬起头来，问，你笑什么？郑君说，没笑什么。女同事说，又发神经。说了又像母鸡下蛋似的伏案写起稿来。

郑君看着母鸡下蛋似的女同事，觉得自己退回去准备再当一回学生，实在是聪明，在学校里睡懒觉然后想女人，过一种完全属于自己的内心生活，是多么好啊。他的这种"好"的感觉，直到回家遇上老婆才变得不那么好。他和老婆近来感情微妙，当他告诉老婆准备去读书，老婆冷漠地道：

你终于找到离家出走的借口了。

郑君说，你这么想？

老婆说，还能怎么想？你真的想读书？

我真的想读书。

读书对你有什么用？

没什么用。

那你还去读书？

那是一种生活，我喜欢那种生活。

老婆看了看郑君，说，这就对了嘛，你不想过现在这种生活，你要过另一种生活。

郑君想想，确实是这样的。但是现在这种生活不仅仅是老婆，它至少还包括职业、温州这个地方、自己的精神状态等等。

郑君收到考试通知书后，又觉着读书也没有多少意思。考试分哲学、写作、汉语、文学四科，这些十多年前读过的课程，实在没有兴致再考一遍。他看了一下考试时间——一月二十日，离现在尚有一个多月，他想，读书其实也不好，应当去当个教授才是，教那些想当作家的人怎样忘掉写作，然后睡懒觉，然后想女人。

在一月二十日之前的这段时间里，他没有复习，也不像作家那样写作，他的业余时间用在与文学全不相干的拳头上，到离三公里远的一座寺庙里，跟一个和尚练武术。他学的是在温州一带很流行的南拳，这是他相当隐秘的一项爱好，极少有人知道他除了写作，还爱好武术。他看上去一点儿也不像习武之人，架一副眼镜，瘦瘦的一脸沉思状，生来就是一位作家。

只是到了十八日下午，郑君才拿起平时上班带的皮夹子，告诉老婆要去南京考试，老婆见他没做任何考试准备，以为他早忘了读书之事，而且这样子也不像出远门，恼怒道：

你真的是去考试？

郑君点点头。

老婆冷嘲道：你不是天天往寺庙里跑，我还以为你要出家当和尚呢。

不是当和尚，是去考试。

老婆看看郑君，欲言又止说，那你去吧。

郑君走到门外，又回头交代说，如果报社打电话找我，你不要告诉他们我去考试。

郑君乘夜车去南京，然后乘出租车到 M 大学门口，刚好天亮，从车里出来，一场已持续了多日的冬雨正恭候着他，雨点找到了归宿似的直往脖子里钻，郑君哆嗦了几下，快速地奔跑起来。他不知道大学招待所在哪里，想找个人问，又没有行人，整个校园还浸在雨声里睡懒觉，他只得在无人的校园里瞎跑着。好不容易看见那边墙角有位铲煤的老头，郑君跑过去，立雨地里恭敬地问，招待所在哪里？老头见他落汤鸡似的，责问道，你怎么不带伞？郑君说，我没带伞。老头说，雨淋了要生病的。郑君说，没事的。老头表示了足够的关心后，才指示去宾馆的方向。

这天，他除了上中文系办公室领取准考证，其余的时间全部用来睡觉，再说他的衣裤被雨淋湿了，也没办法出去，连饭也是服务员送来吃的。本来宾馆没有此项服务，郑君求助说，我病了，身边又没有人，孤苦伶仃的，你不送，我只有饿肚子了。说得服务员大发慈悲，才送饭给他吃。郑君的小诡计获得成功后，就开始想女人，怎么没有小姐？怎么连个骚扰电话也没有？郑君想自己是住错了地方，这儿是 M 大学，小姐不可能上大学里来做生意，除非那些女生业余兼任小姐。看来，在这儿女人也要靠智慧才能获取。郑君睡不着了，他想起秦淮河，想起秦淮八艳，想起柳如是和李香君，她们都是文学爱好者呀，如果她们也来读作家班，我该喜欢哪位呢？

第二日，郑君步入考场，看见前来赴考的女生占了大半，而且非常年轻，多数在二十岁左右，这使他感到满意，他希望考上作家班的全是女生，男生就他一个。他找到自己的座位坐下，将头转动起来，随意浏览起未来的女同学，但是，还来不及判断哪位最具可看性，考卷就发下来了。他拿过考卷，才知道今天考的是哲学。监考老师立在讲台前提醒大家别忘了先写名字和准考证号，郑君刚要写自己的名字，却发现钢笔没水。郑君把手高举起来，监考老师问什么事，郑君晃晃手中的钢笔，说，有没有墨水？监考老师查了查讲台，说，没有墨水。郑君听说没有墨水，很开心似的，自言自语道，这不糟了？考场怎么不备墨水。考生们就都朝他看，觉着这个人真是马大哈，还责怪考场不备墨水。这时，邻桌的女孩朝他笑了笑，轻声说，我有笔，借你。随即从包里搜出一支圆珠笔给他。郑君说，谢谢。考场便又安静下来，一片写字的沙沙声。

考卷的第一道题的第一小题是名词解释：哲学。这样的题目，远在中学的时候，就考过不止一次，现在又重回考场再解释一遍哲学关于什么，郑君觉得甚是荒唐。哲学关于什么？哲学关于个屁。现在真还想不起课本里怎样解释哲学是关于什么什么的。郑君就皱了眉头，眼盯着手中的圆珠笔发呆。监考老师在考场里无声地转来转去，转到郑君边上，见他面前摊的还是白卷，说，你怎么不写？郑君抬头笑笑说，我很久没考试

76

了，还没找到考试的感觉。邻桌的女孩听他这么说，又朝他笑笑，郑君觉得她笑得很好，也朝她笑笑，不想这一笑，竟消解了他对考试的拒绝心理，接着就老实地考试起来了。考到最后一道论述题，要求运用唯物辩证法的观点，论述道德建设在市场经济建设中的重要性。郑君忽然很来劲，忍不住又恶作剧起来，在试卷上写：子曰，吾未见好德如好色者焉。圣人尚未见，何况晚生乎。郑君看着自己的答卷，很是得意，觉得这个玩笑开得相当不错，他甚至想把考卷拿给邻桌的女孩共同欣赏，以酬谢借笔给他，但限于考场纪律，只好独乐乐了。

走出考场，不知怎么的郑君就和借笔给他的女孩走在了一起，女孩说，你叫郑君，对吗？

郑君说，你怎么知道？

我看过你桌上的名字。

我忘了看你桌上的名字，你叫什么名字？

我叫柳如是。

柳如是？

不能叫柳如是吗？女孩高兴地说，许多人听到柳如是，都要先吃一惊，我不过喜欢这名字，就叫柳如是了。

我也喜欢这名字。

谢谢了。叫柳如是的女孩又讨好说，我还知道你写过一篇小说叫《夜泊》。

郑君欣喜地道，你看过？

柳如是点头说，我们老师在课堂上介绍过，推荐我们看的，范文呢。

郑君得知自己的小说被什么学校当作范文，而且由一位女孩通知他，很是兴奋，赶紧问，你在读书？你原来在哪儿读书？

就这儿，我今年刚从 M 大毕业，懒得工作，又想回来读书。

郑君听柳如是说懒得工作，就放弃了谈自己小说的愿望，应和道，我也是懒得工作才来考试的。

那么我们志同道合了。柳如是很灿烂地笑起来。

对。我们得庆贺一下两位懒人的幸会，中午我请你。

这样，郑君和柳如是就坐在了一起吃中饭。因为天冷，柳如是选择了吃火锅，面对热气腾腾的火锅，这两个人至少是不再寂寞了。郑君怡然地给自己点了香烟，随口问，你抽烟吗？通常女性都是回答不抽，但柳如是是抽烟的，反问道，你不反对女孩抽烟吗？郑君说，我干吗要反对女孩抽烟？柳如是又更深入地问，要是你老婆抽烟呢？郑君说，我反对。为什么？因为老婆会把我的烟抽光。柳如是就咯咯咯地笑起来，总结道，你基本上算是诚实，你不喜欢老婆抽烟，但喜欢别的女孩抽烟，就像不喜欢自己的老婆出格，但喜欢别人的老婆出格，男人都这样。好像她经历过许多男人似的，说了接过香烟，很有姿势地抽起来。

郑君看着那样子，觉着柳如是原来是很新潮的，可以跟她谈论性和文学之类的话题的，他们之间的距离还可以比餐桌更近一些的。下午考试结束，郑君又邀请柳如是共进晚餐，柳如是说，你想不想先过一回校园生活？郑君说，想。那么我们一起去食堂吃饭。柳如是拉了郑君的手便朝食堂方向走。这样的一男一女拉着手一起去吃饭，是大学里最常见的景象，郑君又重新过上了幸福的大学生活。郑君想，他想过的就是这样的生活，和一个女孩子手拉着手一起去吃饭。因为是寒假，食堂里没几个人，郑君看了看饭菜，肉也不像肉，菜也不像菜，冰凉地盛在铁盆里，喂猪似的，比自己温州最差的快餐店还差许多，就拉了柳如是的手说，我们还是出去吃吧。柳如是一直过着学生生活，很习惯这种饭菜，说，就在这里吃。郑君只好将就，正式过起大学生活。这样的大学生活，幸福是幸福了，可是饭菜实在难以下口，郑君咽一口，然后看一眼柳如是，好像柳如是可以佐餐似的。柳如是说，你干吗老看着我吃？郑君说，我不看你，就吃不下去，很不好意思，你就让我看吧。柳如是说，你这样看着我吃，我也不好意思，吃不下饭的。郑君说，没关系，晚上我请你吃夜宵。

幸福的大学生活，饭后当然是要散步了。柳如是带着郑君在 M 大学的校园里并排走起来，聊的话题也是只有学生才有的——考试。应该说郑君很像一个学生了。郑君说，你猜我早上怎么论述道德建设在市场经济建设中的重要性？不等柳如是来猜，郑君就自己回答：吾未见好德如好色者焉。柳如是听了，很是开心地笑个不停，郑君看着她笑，虽然自己像个讲笑话的老手，没笑，但自我感觉很好，觉着考试也是很好玩的。

但是天气不那么好玩，又开始下雨了，好像成心要驱赶他们似的，唰啦啦的雨点就密集起来。郑君和柳如是只得就近躲到一幢教学楼的门前。经这雨一淋，就像顽皮的学生经了教授的一顿训斥，说话的气氛也就严肃了些，柳如是抹抹沾了雨滴的发丝说，其实考试不能开玩笑的，这样你要吃大鸭蛋的。郑君说，不开个玩笑，我真没耐心把它们考完，我想作家班主要应该看作品，考试不要紧的。柳如是说，我听班主任说主要是看考试呢。郑君说，那么我肯定考不上了。柳如是说，你一定要考上的。郑君说，我干吗一定要考上？我已经不想读书了，考不上也无所谓。柳如是说，那么我们就不是同学了，多可惜啊。这倒也是，那么……那么……怎么办呢？郑君颇有悔意地看着楼外的雨，陷入了迷惘之中。柳如是说，我们上班主任家问问看？郑君说，班主任是谁？柳如是说，刘非，研究美学的。郑君说，刘非？我听说过，我们找个咖啡厅，约他出来聊聊吧。郑君便掏出手机递给柳如是，通了电话，看柳如是的表情，刘非似乎很乐意有人请他喝咖啡。一会儿，柳如是说，叫我们七点钟在校门口等他。郑君看手表离七点钟还有一个小时，看来这一个小时只有站在这儿了。身边有个女孩，就那么站着看一个小时的雨，其实也是不错的，不过，郑君不喜欢雨，尤其是冬雨，他和柳如是站在这儿，完全是躲雨，并没有欣赏的意思。

郑君说，下雨，真是讨厌。

柳如是说，是啊，这个季节，应该是下雪。

是啊，下雪，下雪多好啊，为什么不下雪？

去年这个时候是下雪的。

郑君就想象着眼前下的不是雨，而是雪，时间也不是现在或者去年，而是三百年前，柳如是应该是喜欢雪的。郑君说，你喜欢明朝的柳如是吗？

明朝的柳如是？既然她叫柳如是，当然喜欢了。

我一听说你叫柳如是，就想起那个柳如是。

那个柳如是，跟我没关系。

应该是有关系的。

她先叫柳如是，我后叫柳如是，我们是先后的关系。

不是这样的，你首先是明朝的柳如是，然后才是现在的柳如是，你叫柳如是，不断让人想起明朝的柳如是，挺有意思的。

是吗？明朝的柳如是是干什么的？

你不知道明朝的柳如是是干什么的？郑君奇怪地说。

我不知道。

你真的不知道？

真的不知道。

那你还叫柳如是呢？

那么说我没有资格叫柳如是了，那我叫什么？

你叫柳如是。

我不叫柳如是了，明朝那个该死的柳如是是干什么的？

跟你差不多，写诗的，一个很浪漫的女孩子，也是南京大学毕业，正准备考作家班呢。郑君没说她原是一个妓女。

因为柳如是不知道明朝的柳如是，不知道她原是一个妓女，多少就有些令人遗憾了。如果眼前的柳如是原也是个妓女，多有意思啊，一个诗人当了妓女，或者一个妓女成了诗人，都是很有意思的，可以写一篇小说的。那么这南京之行，即使考不上作家班，也算不虚此行了。

雨还继续下着，看来是不可能在七点钟之前停止了，从这儿到校门口至少有五百米，就是说郑君要淋五百米路的雨，才能赶到校门口与班主任刘非碰面。郑君觉着在这样的雨夜，不如就这么站着有一搭没一搭地与柳如是聊天，他几乎是不想见刘非了。柳如是说，时间差不多了，走吧。郑君说，这么大的雨，怎么走？柳如是说，淋点儿雨也是挺有意思的。既然柳如是说有意思，那么就只有淋雨了，一进入雨里，雨就紧紧地把他们赶在了一起，果真是挺有意思的。有了这段雨中的经历，到达校门口，他们差不多已经是一对恋人了，郑君看着柳如是湿漉漉的脸，脑子里忽然闪过一个很优美的古典意象：一枝梨花春带雨。不过，郑君没有说给柳如是听，他是成熟的男人了，不会迫不及待地去赞美一个女孩子，这样的溢美之词应该留待将来的某一时刻，以回忆的方式俯在她的耳边说，女孩子听到这样的赞美，一般是要亢奋的。

柳如是发觉自己的皮鞋进水了，笃笃笃地敲了几下水泥地，低头说，我皮鞋进水了。是的。郑君也发觉自己的皮鞋进水了，比冰还冷的雨水自脚掌心往上渗透，站在这校门口，就有了一种很狼狈的感觉。郑君说，班主任呢？

可能是皮鞋进水的缘故吧，等待就像整个冬天一样冰冷而又漫长，过了十分钟，郑君不耐烦道，这个刘非怎么还不来？

柳如是跟着说，是啊，怎么还不来？

郑君又解嘲道，人家是美学家，当然不准时了，要是准时，那就是数学家而不是美学家了。

郑君将刘非挖苦了一顿，似乎舒服了些，眯着眼看雨从黑暗里落下来，及到路灯周围，被灯光一照，就像大雪一样纷纷扬扬了。又过了十分钟，柳如是一边跺脚一边自语道，真是的，怎么回事？

郑君说，刚才他好像很愉快接受邀请的。

是的。

看来刘非是个正人君子，一个女孩子请他喝咖啡，居然失约。

你说什么呀，还有你呢。

原因全在于还有我，要是你一个人，他肯定准时。

别说笑了，我们全身湿淋淋的站这儿等，气都气死。

气什么，不来拉倒，我们喝咖啡去。

柳如是又打电话。那刘非还在家里，听到柳如是的声音，很是抱歉道，刚才来了客人，出不来，我又没法联系你，让你久等了，现在，你到我家来吧。

郑君说，古人云，人之无信，谓之禽兽，禽兽的家，我们还是别去吧。

既然等了那么久，还是去吧。

从校门口到刘非家，并不远，糟糕的是从出租车里出来又要淋一段路的雨，若是早知又要淋雨，郑君是肯定不去了。而且刘非看见柳如是边上还有一个人，脸上的表情也像淋了雨似的，朝着柳如是问，他是……柳如是郑重介绍了，刘非"哦、哦"两声，也不客气一下，便将郑君晾在一边，目不转睛地盯着柳如是莫名其妙地谈起自己的新著。柳如是不停地点头，很是恭敬地仰脸听着，郑君一边坐着，感觉着头上身上的雨渗进了身体，忍不住狠狠打了一个喷嚏。刘非似乎被喷嚏吓着了，才将目光从柳如是脸上放下来。郑君捏捏鼻子，赶紧道歉说，对不起，刘教授，我可能被雨淋感冒了。

没关系。刘非沉默一会儿，又补充说，打喷嚏其实是一种美，一种道家的忘乎所以的美。

忘乎所以，真是妙极了。郑君记得这话好像谁说过的。

喷嚏或许是醒脑的，刘非赞美完喷嚏之美，对打喷嚏的人也客气了些，问，你发过哪些作品？

郑君说，发过一些。

柳如是接着说，他的小说，马教授作为范文，向我们推荐过。

就是我们系的马教授？刘非吃惊道。

嗯。

刘非这才正眼看了几下郑君，说，不好意思，这几年我很少看小说，不了解像你这样的后起之秀。

84

郑君说，我哪儿是什么后起之秀。

刘非热情地说，今天考得怎么样？

不怎么样。

为什么？考题不难嘛。

考题是不难，不过，我还是考得不怎么样。想起考题，郑君恶气就上来，说，我觉得这考试，很无聊，没有意义。

郑君当着刘非的面说考试很无聊、没有意义，显然是不恭敬的，但是郑君当时并不觉着有什么不妥。刘非说，那你觉得该怎样？

应该看作品。

刘非冷冷地说，你们作家都看不起考试，可是不考试怎么行？作品无法打分，我们只能根据考试成绩录取，这样的考试对一个作家应该是不难的。

郑君想说作家对考试确是不屑的。看刘非的脸色，好歹没有说，忍不住他又想打喷嚏，后面的气氛便有些尴尬了。从刘非家出来，柳如是责备道，你怎么在他面前说考试很无聊、没有意义？

不能说吗？

你否定考试不等于否定他？

他是美学家，不会这样画等号的。

我觉得他对你有看法了。

这样的考试确实无聊，反正说也说了，随他吧，我们不谈考试，喝咖啡去。

这样的夜晚，这样的一对男女，确乎是应该喝咖啡去的。但是雨把他们淋湿了，柳如是不能这样湿着身子去喝咖啡，她忽地打了一个冷战，郑君即刻也感到身上结了冰，那么咖啡就留着明晚喝吧。郑君回到房间赶紧剥了湿衣服，泡了一个热水澡，将身体裹进被窝里。如果就这样睡着，那这个夜晚便结束了，但郑君是不可能这样随便睡着的，被窝的温暖很是触发了他的想象力，他又想起三百年前的柳如是了。南京真是一个好地方，一个不断让人想起妓女的地方。三百年前的柳如是仿佛还活在南京的空间里，撑着明朝的雨伞衣袂飘飘地在外面的雨夜里走动。像柳如是这样的女人，注定是要让生不逢时的男人们想入非非的，何况今夜就躺在南京城里，郑君想起柳如是更是天经地义了。数十年前，远在广州的陈寅恪老人，瞎了眼睛后，也是依靠想象柳如是度过余生的，而且还将自己的居所名之为"寒柳堂"，似乎是与柳如是同居了。郑君怎么也无法想象，这样一位风烛残年的老人会毕十年之功去写《柳如是别传》，想象中风华绝代的女子究竟给七十岁的老人带来了什么呢？陈寅恪可知道现在 M 大学有位女生也叫柳如是？她今天一整天都与郑君在一起，而她居然不知道明朝的柳如是，如果她知道明朝的柳如是，知道柳如是被一位老人写过别传，或许她就不叫柳如是了，她若不叫柳如是，郑君也许对她就不感兴趣了，就不会一起吃饭了。忽地他记起晚上说好请她吃夜宵的，怎么忘了，都是雨，被该死的雨淋忘了。他又想起晚餐是没吃饱的，这样一想，饥饿感便骤然而至，紧接着胃就饥饿得疼起来了。郑君打电话想叫服务员送包方便面来，可电话根本就没人接，只好忍着饥饿和饥饿感了。俗话说，饱暖思淫欲。饥饿是很难想女人的，想的就是肚里的那个胃，而且仅有的睡意，好像也被胃拿去充饥了。郑君越发睡不着了，睡不着倒也无所谓，糟糕的是脑子似乎也变成了一个胃，想来想去都是饥饿，而不是女人，这让郑君感到实在索然寡味。后来，不知什么时候，胃没有感觉了，郑君终于梦见和柳如是一起去吃夜宵，一人一杯咖啡、一个汉堡包和一个炸鸡腿，坐在明朝的阁楼里，柳如是指着咖啡说，这么黑的是什么东西呀？

早上醒来，郑君看手表已八点一刻，急得从被窝里跳出来，脸也顾不上洗，撒腿就往考场跑，嘴里自言自语道，糟啦，糟啦。这样急急忙忙地赶考，已是没有记忆了，似乎也颇令人兴奋。到考场门口，郑君停住喘了几口气，然后足不出声地走到座位上。柳如是斜了他一眼，低声责备道，怎么现在才来？郑君满不在乎地笑笑，见桌面上没有自己的试卷，就低头去找。这时，监考老师走过来，面无表情道，你迟到超过半个小时，被取消考试资格了。郑君说，什么？监考老师又强调说，你迟到被取消考试资格了。郑君没想到会被取消考试资格，一时不知如何是好，站起来看了看表，是八点三十五分，松一口气说，就差五分钟，通融通融吧。监考老师说，考场有考场的纪律，不好通融的。郑君说，我不是故意的，我一口气跑过来，你看，我都出汗了，通融通融吧。监考老师说，出去说吧，在这儿说话影响其他考生。郑君盯了监考老师两眼，说，一定不让考，就不考吧。说了又轻蔑地瞧他一眼，开玩笑说，这么没意思的考试，你居然还不让考。全场的考生就禁不住笑出声来，把目光集中到他身上，看他从考场里走出去。到门口，郑君听见里面桌椅响动了一下，接着就听见柳如是大声说，老师，你应该让他考，他是很优秀的作家，我们中文系的马教授曾经把他的小说作为范文推荐过的。郑君回头看柳如是立在那儿，把脸都说通红了。郑君使劲地朝她点头，并且做了一个鬼脸。监考老师敲敲桌子说，大家不要受这件事影响，请继续认真考试。

郑君回到房间，本想立即打道回府的，但一想起刚才柳如是通红了脸替他求情的情景，就决定不走了。上街吃了早饭，回头准备到校门口等柳如是，走了几步，又有些犹疑，茫然地站在街上，被取消考试资格的耻辱感，就像坏天气一样让人感到憋闷。他妈的。郑君对着车来人往的街道说，但街上并没有人关心他被取消考试资格。他妈的。郑君这样骂着，忽然灵机一动，他要上夫子庙一带买件小玩意儿送给柳如是，以改变今天被取消考试资格的性质，使之变成预想中风花雪月的插曲。他朝街上的出租车招了招手，立即有辆出租车驶来了，他正准备上车，不料又有一辆出租车掉了个头，朝他而来，见他要上别的车，司机跳下车来，冲着他大声骂道，妈的，叫了我的车，怎么又乘别人的车。郑君看了他一眼，那司机又骂道，你这样不道德，太不道德了。郑君走近司机，问，你说谁不道德？司机听郑君是外地口音，更加气盛，比着指头枪说，你，你不道德。郑君说，别惹我，今天我心情不好。司机说，老子心情更不好。并且把指头枪逼到郑君眼镜上来。郑君一把抓住司机的指头枪，怒道，你想干什么？司机抽回指头，劈头一拳打过来，郑君闪了闪，也还以老拳。这司机只看他外表文弱好欺，哪知他在温州老家跟和尚练过南拳。只三拳两拳，便打得司机鼻青脸肿。周围随即就聚了一群看客，惊疑地看着郑君，觉着这个戴眼镜的年轻人怎么出手那么快，他看上去一点儿也不像会打架的人。不一会儿，郑君和司机都被警察带走了。

郑君被罚了五百元钱。这还是小事，倒霉的是还要被拘留二十四小时，郑君声辩说，我是正当防卫。警察说，你把人家打得鼻青脸肿，还正当防卫？说了便将郑君推入拘留室。郑君说，就算我倒霉，那你们把拘留也折成钱吧，我还有急事，不能在这儿待上二十四小时。警察说，你就待着吧，你以为有钱就可以随便打人？郑君说，见鬼，我要上诉的。警察说，这是你的权利。好像是要对他的上诉表示藐视，警察狠狠地将门关上，发出了一声沉闷的撞击声。

郑君想，这司机与警察也许勾搭好的，所以才这么霸道。这年头就这么回事儿，他也只有自认倒霉了。只是这二十四小时对他多么重要，晚上他是要与柳如是一起喝咖啡的。若是柳如是知道他出了点儿意外，被拘留在这儿，他想，她一定会来看他的。问题是她不可能知道，她准以为郑君被取消考试资格后，也不再见她一面，就灰溜溜逃回温州老家了。错过了这二十四小时，也许他们今生今世也无缘再见了。想到这儿，郑君有一种被什么东西捉弄了的感觉，那东西或许就叫命运吧，在二十四小时之内，他不再是想象中的情人，而是罪人。

二十四小时之后，郑君被释放，回到 M 大学，似乎与来时的情景一样，整个校园充满了雨和雨落地的声音。

吕出回家

吕出突然想家了，吕出想家的念头可能是刚才那阵风引起的。那风从暗夜里刮来，就像一场运动那么声势浩大，横扫一切。街上的夜行人都缩了脖子，并且把脸蒙上，然后龟行。吕出就像一只真正的乌龟，艰难地爬回了自己的蜗居。

　　进得房间，吕出仰在床上，就开始想家了，简单说，是想老婆了。按理想的状态，吕出这时候是不应该想老婆的，而是应该和老婆以外的女人一起，那才是成功男人的生活。但吕出实在算不上是个成功男人，在北京混了半年，也没混上一个情人，除了老婆，便没有别的女人可想，寂寞无奈之时，也只有自己安慰自己了。

　　就是说，吕出想老婆多半是生理性质的。其实，谁想老婆又不是生理性质的。吕出想老婆的时候，表情便有些躁动，嘴里咕噜道，我想回家了。他听着声音从自己的嘴里发出来，似乎有点陌生，又加大强度重复一遍道，我真想回家了。吕出再次听着声音从自己的嘴里发出来，又随即消失在房间里，就有了一种孤独感，或许还有一点失败感。吕出翻了个身，看见床头边的电话，就趴在床上往家里打电话，听到老婆的声音，吕出有点兴奋，说，老婆，我想你啦。老婆说，我也想你啦。吕出撅了一下屁股说，我想做爱。吕出老婆似乎觉得很可笑，说，这么远，怎么做？你要是忍不住，就找别人做吧。老婆怎么可以鼓励自己跟别人做爱，吕出觉得不对劲，说，你怎么这样说话？老婆说，我是体谅你，男人嘛。吕出说，那也不行，我只跟老婆做，我是很忠诚的。老婆说，是吗？其实我也很想你了。吕出说，好，我回家，我现在就回家，现在几点？老婆说，九点。吕出说，好，十二点有火车，刚好。老婆说，你真的回家？你写完了？吕出说，没有，烂电视剧写不下去了，回家再说吧。

吕出的家在处州，半年前，吕出跟单位的头头吵了一架，一怒之下辞了公职，只身来到北京，先在电影学院待了三个月，学编剧，速成后替一家影视公司编那些他称之为"烂电视剧"的玩意儿。从表面看，他混得还是有模有样的，编剧的头衔多少给人艺术家的感觉，尽管实际上不过是个制造垃圾的。这也不管它，反正能拿到钱就行。窝囊的是他在北京只能过着禁欲的生活，虽然他待的电影学院、影视公司这些地方，美女如云，但他长得灰头土脑的，像一堆被人遗弃的垃圾，实在没有让那些未来的女明星们感兴趣的地方。吕出这就不能不压抑，而且感到莫大的失败。

吕出上了火车，买的是硬卧，硬卧车厢分上、中、下三

94

格，像装动物似的。吕出和衣躺在中间的格子里。这车得在路上走三十个小时，就是说后天早晨的六点才到达处州。回处州当然还有更方便的走法，比如乘飞机，只要两个小时，但飞机票价比火车要贵两倍。吕出有时间而没钱，虽说时间就是金钱，可就是没人拿钱来换他的时间，就只好乘火车了。花三十个小时像动物似的让火车运回处州，目的就是和老婆做爱，吕出忽然感到很有些可笑，如果是情人，还说得过去，那是一项成就，可老婆有什么意思呢，无非是证明他是忠诚的，可这证明实际上是虚假的。吕出试图想象一下和老婆做爱的动人场面，但躺在车厢格子里的吕出，想了许久，也没有激动人心的内容，那想象力也就被火车走动的声响渐渐地覆盖了。

第二日是极为漫长无聊的一日，就像整个人生。吕出心里怀着那点儿欲望，这是唯一可以跟时间抗衡的东西。在火车上，除了时间，似乎就没别的了，窗外的大地和大地上的事物，都变成了时间，它们在流逝。如此这般地面对时间，实在是难以承受的，吕出看见火车上的人们都昏昏欲睡，无所事事，顶多也就是嗑瓜子有一搭没一搭地瞎扯淡。吕出想，在火车上，应该做爱。是的，应该做爱。吕出的情欲又被发动起来，但他的硬卧车厢里全为男性，他必须替情欲找一个合适的对象，这样，吕出就很有事情干了。

吕出在车厢的过道逛来逛去，车上似乎没有他一见倾心的女人。那样的女人是不需要寻找的，一经遇上，她便不可抗拒地跳进你的眼里，遮蔽你的眼睛，乃至除了她，什么都看不见，那叫惊艳。既然无艳可惊，就得刻意寻找了，吕出的目光缓慢地从一个车厢移到另一个车厢，但也不能太慢，以免引起别人的注意。他终于在某个车厢里发现一个他愿意与她做爱的女性了。她躺在下铺，身上盖了毛毯，眼睛闭着，似乎在假寐。吕出觉着这样很好，就翻下过道的折椅坐下，一只眼睛望着窗外的景物，一只眼睛窥着那位女性。不一会儿，吕出感到自己的双手率先离开了身体，跑到了那位女孩身上，一只手抚摸她的脸，一只手掀开了毛毯，解开了纽扣，贴到了她的乳房上。而后他的嘴和舌头也离开了身体，在她的唇上停留了一分钟，而后往下，在她的左乳停留了三分钟，在她的右乳停留了三分钟，而后他的整个身体就趴在了她的身上。吕出看见自己的屁股在上下运动，屁股是整个身体的中心，充满了力量，它带来快感，它多么重要，比脑袋更重要。吕出觉着坐在折椅上的屁股也动了起来，他坐不住了，起身快速穿过过道，上了一回卫生间。出来，吕出遗憾地想，那女孩还不知道我和她已经做了一次爱。

车到杭州，吕出意淫了一日，也有点疲倦了，偏偏这时对面铺位的男人下车了，来了一位女人，吕出又兴奋起来。那女人想将行李箱放到头顶的架上，又够不着，拿目光向吕出求助，吕出愉快地帮了一次忙，那女人朝吕出笑笑，说，谢谢。吕出又愉快地说，不谢。这女人虽不比别的女人有魅力，但她是火车上第一个朝吕出笑的女人，所以就非同一般。况且她又躺得这么近，中间不过是隔几十公分宽，如果忽略不计，也就是同一铺床了。吕出隐约闻到了女人的气味，那气味虫子似的潜入鼻孔，在身体的某些部位骚动。吕出翻来覆去的，许久睡不着。后来隔着一段无法记忆的混沌，吕出进了一间屋子，这屋子可能是德国式的，也可能是法国式的，可能是十九世纪以前的，也可能是二十世纪的，通向二楼的楼梯是木质的、弧形的，在电影里见过的。吕出想，这是什么地方？便开始上楼。楼上正好下来一位女孩，他们在楼梯上相遇。那女孩好像是以前见过的，也可能是以后将要见到的，总之是似曾相识，就像贾宝玉初次见到林黛玉那么恍惚。吕出就将女孩抱了起来。不知哪儿吹来的一阵风，把吕出和女孩身上的衣服全都吹跑了，吕出看着女孩的衣服离开她的身体，鬼魂似的朝楼下跑去，自己的衣服也离开自己的身体，鬼魂似的朝楼下跑去，它们抱在了一起，混成一团，它们在做爱。那女孩尖叫了，啊！啊！啊！

吕出醒来，迷迷糊糊闻到了一种气味，他慌乱地往下身摸了一把，突然被击毙了似的。吕出感到生命被抽空，一种不幸的感觉袭来，多么不幸，是的，多么不幸啊。更糟糕的是眼看就要到家了，他对老婆却一点儿兴致也没了。吕出就像一个去银行取钱又把钱弄丢了的穷人，悲苦无告。尸体似的挺在铺位上，觉着腰背酸胀，浑身乏力，闭了眼睛回想刚才的梦，哪里还有什么梦？好像是有一个女孩出现过，可她又是谁？

应该说都是火车惹的祸，若是吕出乘飞机回家，便一切正常了，情欲这东西，就像市场上的猪肉，哪经得起折腾，吕出花三十个小时回家，当然就馊了。就在吕出最为沮丧的时刻，处州到了。这早晨六点钟的处州，对吕出分明是一种讽刺，此刻，他一点儿也不想回家。他极不情愿地走出车站，站在车站广场，一点儿也不想走了。那些即将到家的男人们和女人们，都一律迈着大步，几乎不是在走，而是在跑了，好像不这么疾步穿过广场，家就会逃跑似的。吕出发觉，他是广场上唯一一个站着不动的人，他立即感到了孤独，他跟自己说，我不想回家了。过了一会儿，吕出似乎对自己的话不太相信，又说服自己说，我真的不想回家了。接着，吕出的脑子出现了一大段的空白。

吕出脑子出现空白的这段时间，他离开了广场，向左走了一段车站大道，然后拐进一条胡同。从胡同出来，沿河走了一段，然后又拐进一幢楼房，走到三楼，吕出突然睡醒了似的，惊奇地发觉他已经到家了。他看了看铁门，确实是他的家，这是不会错的。惯性，这是惯性。吕出想。但是，他站在门口，并没有开门进去。这时，老婆一定还在睡觉，如果开门进去，老婆可能就醒了，老婆一般是要兴奋的，即便没有一点儿感觉，也会装作很兴奋的，伸出双手，要求立即做爱的样子。可是，吕出感到他的下半身极其空虚，就是例行公事他也无能为力。老婆当然要审问了，老婆就像警察审问小偷，你怎么了？你是不是在外面有了女人？你回来干什么？你说，你说，你不说？哼……吕出真不知道怎么跟老婆说，他总不能把在火车上画地图的丑闻告诉老婆，那是男人的秘密。这么说，吕出实在是进退两难了，进去，还是逃走？吕出在门口站了十分钟之后，终于想到了逃走，而且这念头一经想起，似乎就不可遏止地变成了一种冲动。

吕出想逃走。

楼上下来了一个人，看见吕出站那儿发愣，很是仔细地看了几眼，认得是吕出了，招呼说，哦，你啊。吕出吃了一惊，见是邻居，不得不嗯了一声。那人说，好久不见你了。吕出说，嗯……啊。那人说，站在门口干吗？吕出慌乱地说，啊，啊，忘了带钥匙。那人还想说点儿什么，但是吕出不想说了，那人只得收起嘴巴下楼。这个人住在楼上，吕出是见过的，不过，不知道他叫什么名字。吕出害怕再来这样的一个人，又问他站在门口干什么。看来，自家的门口也是不能久站的，要么进去，要么逃走。

门里面响了一下，老婆起床了？是的，吕出听到了老婆拖鞋的声音，老婆的拖鞋一直在地板上拖，那是真正的拖鞋。吕出可以根据拖鞋的声响，判断老婆在房间里的位置。老婆从卧室出来了，在客厅走了一个来回，又走了一个来回，拖鞋的声音是慵懒的、心神不定的，似乎在等他回来。吕出是应该在这个时间回来的，而他却站在门口，不进去。老婆好像等得不耐烦了，拖鞋的声音变得急促了、杂乱了，突然，老婆停止了走动，静了，吕出就不知道老婆在干什么了。许久，吕出才又听见老婆在打一个哈欠，紧接着是一句埋怨：怎么还没回来！语气极其烦躁，好像她已经等了一辈子，等得快要烦死了。吕出再次想，我是进去，还是逃走？这确实是个问题，是个需要马上解决又很难解决的问题。就在吕出思考的时候，按在门框上的手不知怎么的就摁响了门铃，吕出就像失手引爆了一颗炸弹，完了，现在什么也来不及想了，吕出本能地撒腿就跑。

吕出下楼好像不是跑下来的，而像是滚下来的。出了大门，吕出沿河加快速度跑了起来。那个早上，吕出简直是疯了，他从来没有这么快跑过，他几乎没花什么时间，就跑回了火车站，以这个速度，若是参加奥运会，也是很有希望拿奖牌的。其实他根本没必要跑，只要快点儿下楼就可以了，他老婆出来开门，看见门外没人，准以为是哪个顽童恶作剧地摁响她家的门铃，然后逃之夭夭。他老婆无论如何也不会想到，吕出已经回到了家门口，随后又莫名其妙地逃走。这是不可能的，除非是神经病。

不过，吕出可能确实就是神经病。

吕出立即买了车票，一个小时后，他又躺在了返回北京的同一辆火车上，只是铺位有所不同，回来是中铺，回去是上铺。吕出躺在上铺，只能看见车厢的顶部，那实在是没什么可看的，吕出干脆闭了眼睛，但是，闭眼和睁眼的效果是不同的，闭眼，看似睡着，却是醒着的；睁眼，看似醒着，往往却是睡着的。闭了眼睛的吕出，就看见了另一个回家的吕出，这个吕出，一定是有毛病的，回来了，也不见老婆，又立即回去了，这行为过于反常，可能是不真实的、假的。吕出不知道自己是怎样从车站走到家门口的，又怎样从家门口跑回车站。吕出觉着他一直就在火车上，根本就没回过家。但是，好像又是确实回过家的。那么，这个吕出就有点意思了。吕出忽然想起了一则多年前读过的故事，这个故事是一个叫刘义庆的人编的，收在他的《世说新语》里，故事原文是这样的：

> 王子猷居山阴。夜大雪，眠觉，开室命酌酒。四望皎然，因起彷徨，咏左思《招隐》诗。忽忆戴安道，时戴在剡，即便夜乘小船就之。经宿方至，造门不前而返。人问其故，王曰："吾本乘兴而行，兴尽而返，何必见戴。"

对了，这就对了，吕出想，我这样是对的，这不叫神经病，这叫魏晋风度。吕出睁了睁眼，又安然闭上，很超脱的样子，好像他现在乘的并不是火车，而是王子猷的小船，正摇摇晃晃地朝山阴方向行驶。

绿蜘蛛

那夜，我伤感得像流水一样，漫无头绪地想着平乏而冗长的往事。这种时候，按古典原则，应当倚窗若有所思，据说这是美丽的。推开窗户一股冷风寻找归宿似的扑面而来，我因此打一个不大不小的喷嚏，并随口骂一句他妈的，然后燃一支卷烟，双肘支窗台上，煞有介事地将烟雾吹成圈状吐出去。

　　你看什么？妻的目光离开她盯了几小时之久的电视屏幕，很敏感地关注起我的后脑勺。没看什么。确实没看什么，窗外除了黑夜，一无所有。不过我还是准备倚下去，我并不想看什么。没想什么？妻的声音忽然惶惑不安起来，她就忌讳我倚窗，以为这种姿势便是怀旧。我感到被怀疑的不快，掏出烟卷再度燃上，烟蒂在窗口明暗交接处红光一闪一闪，风从黑夜深处吹来，这个叫作家的房间就冷了，远了。妻在很远的房间那边，猫沙发里漫不经心地看早看过数百遍的电视广告，"××××，中外合资，温柔得好体贴"。狗屁。我把烟蒂狠狠扔出去，仿佛是扔到电视里那个性感的广告女人嘴上，很解气。你

105

骂什么？我骂狗屁。神经病！某个有中国史三倍那么长五倍那么反胃的电视剧又按时开始了。快来看，快来，真的很好看。妻兴奋地发出邀请，我回头看妻的表情，知道她邀我看电视的真实意图，越发感到不快，但是我还是去看电视了，若再倚下去，妻准会找我怄气，我没有一点儿兴致怄气。

歌声响起，一个已婚男人背着他的妻子立在窗前，窗下走来多年前某个如月的女孩，歌声是从女孩嘴里发出的，优美如鸟儿的呼唤。那女孩近窗时忽又归于遥远，就像月亮近窗时不可企及。那男人于是很忧郁，眉头皱得像黄土高坡。故事就这样没完没了地演绎下去。我不得不又上妻的当了，我说，讨厌。

妻冷笑道，哼，你刚才不是也这样吗？

我刚才其实不是这样，我懒得去说，电视真他妈的晦气。

妻见我不说，很伤心伤神地看我几眼，便倒我怀里让我抱着听她唠叨。妻总是这般乖巧不失夫妻情分地数落我的过去，不管她说什么，都使你无法生气，使你沮丧得要死还得妇唱夫随，妻的聪明无与伦比。妻先声明她如何如何爱我，第一千次问我是不是也爱她，得到明确的答复后，然后话锋一转，作古体诗似的，起算结束，接着是承，是诗眼。

你也爱她。

没有。

你真的不想她了？

嗯。

106

你骗人，我不相信，这不符合逻辑，你看电视里、小说里都说过去是不可忘怀的。

嗯。

你承认了？你想她？

没有。

你鬼，你不是人。

嗯。

你就是想她，你讳莫如深。

若是非想不可，那就想吧。我顺从妻子试着去想她。我想了好些时，在消逝的时间之中，她实质上音容渺茫，如同死亡简直让人无从想起。我只得换个角度再想，此时此刻，她大概也在一个这么大小的房间里，身边有个叫丈夫的男人陪着，他们差不多也是看电视，不时说一些只有夫妻之间才有的废话，比如爱，比如"你还想过去某某某某吗。当然不想啦，就想你"。妈妈的，谁都会这么说，谁都会提提过去然后让人这么说。我突然醉了酒似的，头晕目眩，觉得胃里有许多东西要吐，我闭目运作一次深呼吸，随着喉咙不由自己地滚动起来，将一团柔软的浓痰艰难地滚到嘴上，我随即感到浓痰的咸腥味满嘴漫延，这使我觉得更加要吐，我几乎不假思索就地把它吐掉。

妻战栗着从我怀里惊起，挪回沙发尽头，怒目而视。见鬼，我晚上刚擦了地板。擦掉！

我对妻的恼怒不置可否，我目视那堆刚才还在嘴里的浓痰，淤在地板上，绿色的，很鲜艳地淤在妻刚擦过的洁净的地板上，于是我感到一点轻快，这口浓痰卓有成效地阻止了妻的喋喋不休。

你不会去痰盂里吐？你不会到外面去吐？恶心！妻还想骂下去，却欲言又止了，一脸的怨愤。

我不太理解妻干吗反应那么强烈，不就是一口痰。你嚷嚷什么，我自然会擦掉的。当我拿草纸要擦，奇迹出现了，我看见地板上的绿痰蠢蠢挪动着，已经挪开一段距离，原来的位置毫无痕迹。细看那口挪动的浓痰竟是一只硕大的绿蜘蛛，圆形肚子，八只长腿，肚子比家蜘蛛要来得小，腿比家蜘蛛要来得长，样子比家蜘蛛要美丽得多。这是一种剧毒的山蜘蛛。多年前我和妻子初次约会，去南山春游曾经见过，当时妻子惊讶于它的美丽，竟想捉来制成标本以示纪念。但毕竟惧怕它的剧毒，不敢去捉。现在这种美丽的结网动物竟然从我嘴里吐出，使我惊讶不已，连连后退，急急回头告妻子道，蜘蛛，绿蜘蛛，我吐出一只绿蜘蛛。

我的慌乱根本没有引起妻子的注意，我干脆上前推她，蜘蛛，我真吐出一只绿蜘蛛。妻甩开我推她的手，低吼，神经病，你吐出一口痰，一口比蜘蛛更令人沤心一百倍的痰，你给我擦掉。

你看地板上有痰没有。

我说得很委屈，妻便顺了目光，去察看地板，我赶紧自觉跟着去看地板，绿蜘蛛在地板上八只长腿一张一弛，似乎很有目的地朝某个方向挪动着。我又提醒道，蜘蛛，绿蜘蛛。妻呆呆看了一会儿，收回目光，恶我几眼，命令道，擦掉。我说，什么东西？痰。地板上确实没有痰嘛。神经病。妻的表情明显增加了一种内涵：冷漠。她说完就不再理我，调整一下姿势继续看她的电视，无所谓我是否执行命令去擦她所谓的浓痰。妻怎么看不见那只绿蜘蛛，那确实是只绿蜘蛛啊，在地板上拖着银白的蛛丝爬动着。她是不是装傻，她不敢正视这个现实，她的丈夫嘴里吐出一只绿蜘蛛，这实在令人沤心，同时又十分不幸，表明我得了空前绝后无以名之的怪病，死期已近。

最初的慌乱过后，我显得异常冷静，我并不怎么关注我吐出一只绿蜘蛛这件事，无非也就是一种不太常见的怪病，与很多人要得癌症一样，最后大不了一死。我想死了就死了，只要死得不那么痛苦。我倒更关注我吐出的那只绿蜘蛛，我要看看它究竟要去哪里、要干些什么。我很遗憾妻子居然看不见我吐出的这只绿蜘蛛，跟我初次约会看见的那只绿蜘蛛没什么两样，它那么美丽地在地板上挪动着，它爬到墙脚了，它停止了运动，它在沉思。它沉思的样子很可爱，缩着八只长腿将肚子撑得高高的，不时跷出一只长腿搔搔背部，大概就是它思考的部位，它想什么？它又开始爬动了，缘墙而上，八只长腿印在洁白的墙上，美丽得使我想起那个遥远的梦幻的春日：绿蜘蛛安居于自己织的大网中央，其中有水珠悬着。我凝视蛛网故作高深道，蛛网就是八卦，透过蛛网圆形的风景里面有山、有水、有云、有天，绿蜘蛛居于风景正中，无声无息做属于自己的梦。妻说，真好看。我伸手就要去捉。妻叫道，有毒。就在这时，我莫名其妙地打了一个冷战，觉得蜘蛛的毒液浸透了全身。绿蜘蛛真他妈能干，它在我体内待了那么多年，居然让我浑无知觉。现在我毫无准备地把它吐掉了，这样说或许不对，不是我吐掉它，是它要离开我，嘴是它选择的通道。它干吗不选择肛门，它一点儿也不照顾我的面子。它匆忙地朝窗户爬去，它爬上玻璃，它爬不动了，身子往玻璃碰了一下，八只长腿拼命抖动，险些滑落。它可能没见过玻璃这种东西，它迷惑了，静静地注视玻璃外面自己的影子和黑夜。它想出去？我打开窗户让它出去。开窗的声响震动了它，它急速摆动长腿沿窗而上，恍如逃亡，继而发现背后并没有东西追击，步子渐缓，于半空停住，俯视下面广大的空间。忽地悬空一跃，拉一条银线，再跃，再拉一条银线，它在结网。它必须生活在自己织的网中，它一定也在我体内织了一个大网。我忽然顿悟，对蜘蛛的生存方式愤怒无比。我冷哼一下脱下拖鞋，手伸窗外，从外向内，对准蜘蛛猛击下去。蜘蛛像个球体掷地有声，面对突如其来的变故，它显得愚蠢之极，只把身子缩成一团，用长腿围护脆弱的肚子。我提起另一只脚重重踩下，我听见绿蜘蛛的肚子在拖鞋和地板之间爆裂的闷响。我心里充满了恶意的快乐。

几分钟后，我提起鞋子验尸，真正叫我吃了一大惊。根本没有蛛尸，鞋子和地板之间是一片踩烂了的黏糊糊的浓痰。大约就是我刚才吐的那口浓痰。那么绿蜘蛛竟是幻象，我怎么会有幻象？我是不是疯了？我干吗要疯？我一点儿都不知道，我晚上一切都很正常啊。怪不得妻不断骂我神经病，看来我的某根神经确实出了毛病，我抱歉地对妻笑笑，说，真是一口痰。妻的两只鼻孔哼哼两下，什么也没哼出，我看见她鼻孔内的毛随风而倒。你哼个屁。我现在就擦。我掏过整刀草纸坐在地板上擦。我第一次发觉自家嘴里吐的东西原来那么令人呕心，我完全原谅了妻的恼怒。我擦光了整刀草纸，地板却越来越黏糊，并散发着人体内脏的恶臭。浓痰似乎已深深印入地板，形状确实蛮像蜘蛛，圆形肚子，八只长腿。我不知道自己什么时候练就一口如此深厚的内功，吐痰居然印入地板之中。大约这又是幻象，我决定擦光它，不留痕迹。我提了地拖来拖，地拖比较适合大面积粗糙作业，我拖来拖去，反把痰迹扩大了几倍。这使我怒不可遏，我就不信擦不净它，我扔了地拖，改用抹布，端来一盆水，蹲地上用全身的力量来回擦洗，几乎将地板擦去一层。这样干了足足有半小时，弄得手脚完全酸麻。停下一看，蜘蛛似的痰迹还是那么鲜明地印在地板之中。见了活鬼！晚上到底怎么啦？我说得像屈原《天问》似的那般悲愤无奈，终于感动了一旁冷着的妻子，她"啪"的一声关掉电视，好像电视让她看了一夜，很对不住她。然后走到距我一米处，居高临下，用巫婆的口气说，别折腾了，你永远也擦不净它了。

我仰视妻子，默然无言，很快产生某种浓烈而厚重的睡意。

111

门外少年

一

　　这地方很荒僻。在大山深处，山上田园少野地多，草木低短，却很茂盛，一坡一坡绿得逼眼。由于在南方，又有不少绿色常年不凋，不愧为一个食草类动物的好处所。村子里牛多是顺理成章的事，五十来户人家牧一百多头黄牛，户均两头多，照目前的说法，满可以叫养牛专业村。村里的男女婚嫁之前，一律是牛娃。

　　娃子们八九岁光景，大多上过几天学堂，也就是村口的土地庙，敬神与读书合用，燃着香火的神龛下摆五六张桌子，一面壁上拿油漆刷成一块黑板。老师村里也现成的，即"老秀才"福田。福田每年临开学逐家逐户动员过去，娃子们新鲜，开学那天，搬了自家的凳子，争先恐后去争座位，满满挤了一庙，趴桌子上伸长细脖子睁圆了眼睛看福田在黑板上画 a o e。福田转身念：a o e。娃子们便涨红了嫩脸跟着：

　　　　a o e　a o e　a o e　a o e

因为太急太凶太猛，声音嫩嫩的破了，哇啦哇啦的蛮像一群鸭子。

喊过一阵子，就枯燥了，而且这样整日坐着也太没意思。想想实在没有山里好玩，秋天采野果冬天夹香狸春天摘野花，夏天就更好玩了，不只捉石蛙，还泅水。阿嚏，没意思，不读了。

凳子开始悄悄地搬走，土地庙复又沉寂。家长也不反对，随他们去，反正村子里没有一个靠读书吃饭的，到头来还不是种田。

娃子们日日赶着日头上山，赶牛劈柴，日头影子缩到脚下，驮一捆柴火回家。吃过中饭又上山，日头落到山那边去了，驮一捆柴火赶牛回家。入夜，大人劳碌一天，早早困了，娃子们不困，屋前屋后追追赶赶，闹到大人在梦里呵斥才息。

莫看是个娃子，其实他们是家庭的劳力。男人下田，女人管家务，娃子看牛，三分天下，缺一不可的。他们吃的是自家劳动的食，没有娃子们就没有养牛专业村呢。

小石就是这么个牛娃。

米燕也是。

小石牧一头母牛、两头牛崽，米燕牧一头生产队的黑牯牛和自家的一头母牛。小石的母牛是米燕的黑牯牛众多配偶中的一头。牛们生活得很和谐。

二

小石是看牛头，娃群里发号施令的便是。

他胆子奇大，敢捉活蛇扎腰间当裤带，蛇若是让他发现，百分之百的没命，左手轻轻一触，正好按住三寸，提到额前用右手一捋，蛇骨架倒向，废了。再往腰间一绕，搜出随身带的书夹子，蛇头蛇尾一夹，很有趣的一条裤带。米燕正相反，看见蛇就浑身发颤，脸色苍白，牙齿咬得嘎吱嘎吱响，且往后退，惊恐得像一只被拔掉尾巴的小鸟。小石觉得这样子挺逗，经常拿蛇吓得她死去活来，奇怪的是米燕并不恨，倒挺服小石的。

小石那双捉蛇的手完全不具备山里人通常的肥厚粗壮，瘦瘦的纤纤的，按手相学应该归入艺术型一类，当然他只会捉蛇，不会艺术。从这双手你可以想象他是个瘦削的小伙子，脸上雨淋日晒，皮肤略有些粗糙，显得比实际年龄要大。他在我小说里是十六岁，唇上开始长一些淡的毫毛。米燕小他一岁，十五岁，书上所云羞涩的野性的山姑是也。她确实是又羞涩又野性的。其余的诸如他们的眼睛、眉毛、头发、鼻子等，你照自家的习惯想象一下就行了。不过，年龄我得再强调一下，男小石十六岁，女米燕十五岁，我认为这是相当重要的，有些事情只有这个年龄才会发生，恰好是我准备要写的。

小石和米燕同住一座老木屋，两隔壁。他们祖父是兄弟，

117

算起来也是比较亲的兄妹。从小时节，他们就合得很好。夜里小石敲敲木板壁问："阿燕，你困未？"米燕嘟嘴儿板缝间答："未哩，你呢？""我困了。"米燕嘻嘻而笑："你乱讲，困了还跟我讲话。""我梦里讲，猪。""你才猪。""猪猪猪。"吵着吵着就真困了。娃子们若玩抬新娘，他们一个是新娘，另一个必定是新郎。凳子贴一张红纸，穿了木棒儿扛，就是嫁妆。娃子们鼓唇儿哪呢哪呢地吹，新郎牵着新娘细步进稻草把撑的洞房。到新娘新郎手做酒杯状喝了交杯酒，马上有娃儿哇哇地学婴儿哭，生崽喽，生崽喽！大家一齐笑，掀了稻草把哄然而散。

长到七八岁，免不了互相仇恨，米燕省不了哭鼻子去告状："姊姊姊姊，小石哥打我。"再过几年，又亲亲热热了，看见对方，心里软软的，山也绿得软软的，觉得天上的云彩很美丽。男孩和女孩就这么枝横交错地过来，由不得自己。前些年，小石已深切地感到不能少了米燕。她时常去外婆家小住，小石上山就非常的空虚，心莫名地焦，腿也变得不听话、格外重。一路狠狠地投石击竹击树击飞过的鸟。再不，就发发看牛头的威风，无缘无故地揍他的同伴。甚至于跑去米燕外婆家，近屋前，怯住了，傻想若碰上她真不好意思，就说牛丢了，找牛，问她看见未。及米燕的声音自屋里出来，想象全崩了，颠颠地掉头就逃。可气，可气，米燕她妈妈的可气。

每逢这种时候，娃子们都远远避他，让他一个人坐石背上木愣，议论议论自然就少不了。

"小石有心事。"

"我知道。"

"米燕不在。"

"这狗种真想。"

"他大喽。"

嘿嘿嘿。

是的，他大了，十六岁，米燕十五岁，这种年龄多少有点心事的。

三

赶牛上山，这是晨间最热闹的事。

待日头罩上西边最高的山头，像一顶金色的帽子，并逐渐往下套，村子里差不多都吃过早饭了，虽然炊烟照样自黑瓦背上浸起，白白的，散入空中，那八成是妇女在热猪料。这当儿总有一个声音在村子某处响起，跟上课铃一样准时，内容也日日如是，没一点儿改变，就是：

"放牛去噢。"

"放牛去噢。"

"放牛去噢。"

声音亢奋、洪亮，有点沙哑，在童稚与浑圆之间，嚼得出其中的甜味。声音在老木屋与老木屋之间传递，村子便年轻了许多。

这声音是小石嘴里发出的。

牛娃们听到叫声，随便磨几下刀锋，将柴刀插入腰部的木鞘，挂了竹爪，去牛栏前喔喔喔地猛喊一阵。

村子就全是喔喔喔的喊牛声。

牛们悠悠倒嚼，不急不慢支起大肚子，正欲跨出栏门，却让娃子们拦住，在牛圈里打转，躲娃子们打来的竹爪。随着又一阵催叫声响起，老虎拉屎拉屎老虎快拉呀快拉呀老虎。牛被催赶得不耐烦，稀里哗啦地将积了一夜的尿屎挤出，娃子们这才松了一口气，放牛自由出去。

牛们走到村口，汇成一队，一夜未见了，都怪想念的，后头的牛嘴接前头的屁股眼，舔得有滋有味，亏就亏了最前的和最后的，一个没得舔，一个没牛舔。牛们长长地移动山道上，煞是壮观，山间再没有比这更气派的队伍了。小石派一二娃子监视牛群，其余的聚在后头，随牛的步态慢腾腾一路笑闹。

娃群里有个叫阿旺的，眼睛有病，几乎每秒钟眨一次眼睛，大家都叫他"眨眼"。"眨眼"鬼头鬼脑的，在山道上蹦来蹦去，蹦得石子儿乱跳，蹦乏味了，眼睛盯着前面米燕的屁股，呆了好一会儿，忽地爆一串笑声。

"皇天，米燕屁股真大，妇道人了呢。"

米燕脸唰地一红，转身一把扭住阿旺，压地上吃泥，一边骂咧咧的，"鬼精放屁，鬼精放屁。""眨眼"被压得心痒，趁机又抓了一把米燕的胸部。

小石没有看见，站一旁专心看米燕突起的屁股，果然比先前大，若不是阿旺道破，他还未发现哪，心头遂鼓鼓的。

娃子们咯咯笑，也都手痒，一道上前助阵，你一腿我一腿叉牢，阿旺像一只钉在地上的蜘蛛。米燕消了气，退出来看。

阿旺声嘶力竭哭喊起来，娃子们害了怕，松手。

阿旺爬起，拍拍泥沙，眨眨眼睛，擦擦正欲溢出的泪滴，远远逃去，大喊：

"米燕屁股真大，天大地大不如米燕屁股大。"

四

劈好柴，回家还早。娃子们草坪上嬉，女娃或坐或仰，欣欣然接受阳光的温热；男娃立坪外的峭壁上观望。牛坡上吃草，静静地，不细心则错看成黄色或黑色的石头，一点儿都未改变山的原色，好像牛也如同树木原是山的一部分。阳光自天空某处泻下，碰着山显出极分明的线条，将山勾勒得一览无余。极远处山阳山背的绿意被灿烂的阳光送过来，近在眼前，欲沾到衣上；山阴山弯却乌暗一片，深不可测，令人肃然噤声，连鸟也不敢啼鸣一声两声，四下静穆，娃子便像一群雕像。

阿旺的嘴是闲不住的，即便在静穆中，也不能不哼些诸如此类的童谣：

长尾乌，叫奇咕，三斗米，讨外婆。

121

娃子们听到这种不知重复过几遍的歌谣，不知不觉喉咙涌动，吐出声来续下去：

外婆生我妈，我妈生大哥。

大哥二哥讨老婆，剩下尾赖没老婆。

……

哼着哼着，似乎哼到了其中的味儿，声音越来越高，调子越来越长，脑瓜越来越糊，回声越来越勾人神思，一时竟全都恍恍惚惚，只觉体内涨满了尿，不得不撒。

几十道尿流于是凌空而下，急急的，细细的，被阳光照得耀眼，到半壁散作珠玉，一粒粒欢快地掉进深不可测的乌暗。

阿旺抖抖剩余的尿滴，看看旁边的小石还不停地细水长流，羡慕得哇哇大叫小石尿泡真大。

小石颇自得，说："谁像'眨眼'你，那么一点点。"

阿旺随即反嘲："尿多也吹，鸟大猛吹吹，别人笑话也不脸红。"

"比那，你个'眨眼'还不够鸡啄一口。"

"比，比。"

娃子们晃荡自家的小东西，先后肿起来，互相看，较来较去，到底小石的大。阿旺不服，啐一口唾沫："那点儿算鸟，米燕他爸的才大。"

"你看见了?"

"当然，不看见讲鸟，他蹲粪房上拉屎，挂下来那么大那么长。"阿旺双手比比长度，又弯掌比拟大小。

娃子们哄笑。

"怪不得眨眼，这破东西看了，一辈子倒霉，你再也长不高喽。"

"哈哈哈哈哈哈。"

男娃的秘密叫草坪内的女娃看见，都掩了脸嬉笑，肩膀抖抖的像鸟的翅膀。男娃正在兴头，又见女娃挑逗，心里只有一个字：抓。遂猛扑过去。灌木丛一跃而过，是飞。

男娃和女娃混作一堆，乱抓乱摸，咿呀咿呀地喊叫和呻吟，在草坪上滚来滚去，辨不出哪只手是谁的。其实乱也可说是表象，一般抓和摸是有中心和要点的，男娃总是抓自己喜爱的女娃，摸的要点不外两个：大腿丫及乳房。米燕就是一个中心，真是英雄所见略同，许多男娃专门抓她，幸亏小石力大，得天独厚，双手紧紧地扎牢拥入怀里，其他男娃大多只能摸摸脖子后背屁股及腿肚子（隔着衣服），正面是叫小石独占了，摸不着。米燕平贴着小石，听得见他怦怦的心跳，她自然要扭来扭去挣扎反抗的，身体每个部位触到又躲开躲开又触到，多开心。否则，老实吧唧的，让那么多手覆盖其上，不是太不好意思了。当然，这是米燕辈的专利，那些遭冷落的女娃只好气巴巴地抓附她身上的男娃，顾不得女孩子的尊严了。如此这般一层抓一层摸，显得很乱。上面的娃子，因为米燕的扭动，乱

123

摇乱晃，激起了大面积翻倒。

这场面，到大面积翻倒基本上告一段落，娃子们汗水淋淋，面红耳赤，酸气熏人，一个个摊草坪上喘气，没几个愿意动弹，骨头筋肉皆酥酥的，怪舒服。

只有意犹未尽者如阿旺，依旧眨眼瞧米燕。米燕张嘴哀哀有声，嘴唇红红的，闪着诱人的光，从嘴唇到屁股大幅度地一起一伏，似一小船在水上，身体蒸发着热气，如雾。阿旺瞧着瞧着，在雾里消失了，哧地蹿过去，像一瓶胶水倒米燕身上，粘牢。米燕早已疲软得不行，叉手拼命撕，却无论如何撕不开。反而围来几个凑热闹的。小石终于忍不住，眯眼立起，懒懒地过去，一言不发，推倒凑热闹的，一手缠头发，一手提屁股，将阿旺提起，不失分寸地甩出去。米燕极羞愧，转身趴地上，地气阴阴地侵入燥热的脸孔。

众娃子见状，感到问题严重，都默不作声，作壁上观。阿旺浑身酸麻，倒地上擦鼻孔里奔下的鼻涕，拧紧眉毛抑声骂："假正经，又不是你老婆。"

忽有一对黑蝴蝶交尾飞过头顶，大翅膀翩翩地衬着天空，阿旺一眼看见，抓过竹爪，一弓而起，一竹爪挥去，蝴蝶折断翅膀，悄然掉落。阿旺破涕而笑，奋然将脚掌抬过膝盖踩下，狠狠道：

"妈妈的。"

五

譬如说春天。

春天来临的迹象无疑应该下雨而且起雾。山的轮廓模糊了，天和地寥廓的距离撤除了，糅合在一起，云云雨雨的世界一片湿漉漉，雨下了又下，雾散了又聚，娃子们的箬笠藏在雾里，脚掌心被泥泞搅得痒痒，眼睛被雾圈着，雾里的春天实在令人遐思。

万事万物浸在春天里，都准备有所表示，山是云沾雾罩地告别了寒风，你会想到草木一年一度地拔节了。其实，最先感觉到春天的并非草木，是娃子们的脸，经过雨雾的滋润，一个冬天长在脸上的松树壳，悄然无声地剥落，露出干干净净白白嫩嫩的原色，确乎妩媚得很。

女娃卸下毛衣毛裤的厚层，更发现冬天没有白过，胸前的两座小山不觉中隆高了，鼓鼓的，既惊又喜。臀间的肉又增了一层，自己摸摸也难免动心，走在山道上，小心翼翼地还真担心让刺划破呢。可是不妙了，腹内开始一阵一阵隐秘地疼，蹲下去嘘嘘地拉，一低头还不吓昏过去，地上竟是一摊鲜红鲜红的血。若不是自己流出，那也罢了，不妨看作一簇杜鹃花，可这是怎么回事呢？当米燕第一次流出那么多的血，以为自己要死了，可怜伤心得号啕大哭，哭声自雾中穿来，那么急切惊慌错乱，大家以为被蛇咬了，委实吓煞。

125

小石走过米燕蹲的地方，发现那片红迹，甚是不解，回家告诉母亲，母亲笑他多管闲事，那笑容分明隐含着一个巨大的秘密。这时候，小石才觉着女人原来那么神秘，天天又抓又摸的肉体他一点儿都不懂。

他开始恐惧，对女娃不再那么肆无忌惮，处处提防着点儿，也就在这个时候，偏偏米燕正式进入他的梦境。梦中的米燕很柔顺，光着身子，黑发披下来，绕过脖子散在胸际，遮了两个鼓鼓的乳房。小石拿手指仔细撩开，看见两粒乳蒂圆圆的在正中，周围一圈透红，像两枚小小的太阳。再撩开去，两座乳白色的小岗在阳光下袅袅着轻雾，莹莹地渗出水珠。小石看得出神，正不知如何是好，米燕伸来的手，却是猫爪，在他背上又摩又搔，小石的身体散入空气里，轻飘飘的好像无影无踪了。

后来大约像空气一样上升了，是冉冉地上升，天上的蓝天幽幽的深不可测，底下的空谷薄雾潜滋暗长，渐渐淹过坡上一带的青绿。米燕嚅动红唇，柔柔地说："飞了，飞了。"小石轻轻应着，透过米燕的肩膀，远处的山脊在雾中浮动，缈缈地往下沉。倏地小石一阵晕眩，天地倒转，他像一个火球，急速往下坠。心想这下必死无疑了，奇怪的是并不害怕，只觉得心被熔成岩浆，通过椎骨深处，急流而下，喷涌而出。他极清晰地感到自己变成空气的一部分，没有了，死了。也就在这死去的一刹那，他醒了，全身大汗淋漓，仿佛在滚汤里泡过很久。摸摸裤裆一片黏糊，并冲来一股浓烈的腥味，他马上明白是怎回事，激动得心头打鼓，渴望已久的急流终于从体内泄出，真想当即破壁而过，抱起米燕重演一遍梦中的情节。

米燕也如同小石，裹在大红棉被里，在梦中经历着惊险的故事。醒来全身颤颤地酥软，看见光线从板缝间漏进，迷迷糊糊地叫："阿妈阿妈，今天还下雨不？"

小石起床后，虽然想得热切，却犹豫了。他像个贼，偷了米燕的东西没脸再见到她，几番脚抬过门槛，都无可奈何抽回了，探出头来看，希望米燕出来。米燕故意捣蛋似的，偏偏不出来，在屋里走来走去，重重地将地板踩得咯咯响。等脚步响近门槛，大概真要出来了，他又慌得脑门直爆汗，赶紧缩回门后，恨恨地骂自己浑蛋。"今天是怎么啦？"

等他们穿好棕衣，在牛栏门前碰面，各自都涨红了脸，背过去。无数看不见摸不着的刺刺进肉里，奇痒。不知怎么搞的，只匆匆赶牛起来，竟忘了强迫它们拉屎拉尿就放出来，还无端地狠打牛屁股，强制它们快走。

两人跟着各自的牛，闷闷地拉下箬笠，盖过眼睛，小石只能看见米燕留在路上零乱的脚印。

春雨淅淅沥沥地从雾中淋下来。

六

梦遗以后，并不像我当初想的马上进入恋爱，他们反而疏远了，一起上山劈柴赶牛都很别扭，小石的目光总朝米燕的另一个方向。

雨过初晴，山像刚从地里长出来，鲜鲜嫩嫩的感人肺腑，所谓春光明媚，就是这种天气。春光在坡上胡乱涂抹一些月白的水红的粉红的杜鹃，新叶一张一张透明，阳光确乎不是太阳射下来，而是叶片上生长的碧色，在和风中微微摇曳起千种万种的风情。小石张开十六岁的嘴，要将阳光嚼进肚子，阳光确有嫩叶的鲜味，但是背后更有诱惑呢。

米燕在背后某处立着。在他与米燕之间，一群娃子正在地上滚爬，衣服、脸及嘴都沾了绿草汁。这游戏正往童年退去，跟他小石已越来越远。先前，男娃们把女娃一一分给自己当老婆，女娃们把男娃一一分给自己当老公，米燕就是他的老婆，他就是米燕的老公。那是假的，隔着裤子，现在不玩这个了。米燕也是，另一个方向呆立着，男娃上来抓，又是猫爪，又是唾沫，几下将不懂事的吐回去。她眼睛雾蒙蒙地转着两颗大露珠，满是怨恨。

小石不愿再和米燕做伴，每日赶在娃群前头，赶母牛及两头牛崽上山，当然不是离得很远，远到还辨认得出娃群和米燕为止，并能观察他们的行动，也让米燕可以看见他，比如隔一个岗，离一个坡。娃子们倒乐，不和他们做伴，省得受威慑。

其实，小石挺孤独的，只是他认不得这个词，说不出孤独来。静坐之时，地气抽上来，山里温度骤然而降，那边的笑闹飘荡如歌，他掏出小玩意儿揉搓，米燕就躺下面了，接下去便重演梦中的情景。不过，他不知道这个叫手淫。

128

这都是我当初想不到的，山娃子在性方面照样羞涩，或者说恐惧。更想不到的还在下面，小石简直玩蛇成癖，一看见蛇在草间游动，他就激动不已，捉了蛇，左右一晃，伸直手臂，稍稍抖动，做一些小动作，蛇就扭出无数美妙的曲线在眼前，以至于缠上手臂，做盘龙状。小石地地道道是一个野蛮的蛇郎。

这村子的娃子与另一村子的娃子时常相遇，隔着山头，莫名其妙就骂起来，这边凸肚子做孕妇状，垂手捏住小玩意儿虚拉出去，再用力吐一口痰，大骂。

那边也以同样的姿态大骂。

互相往上溯，直到祖宗十八代头皮发涨。不过瘾，干脆冲过去厮打，以发发其攻击欲。碰到这场面，小石手中的蛇就大有用场了，每每扯衣服揪耳朵踢屁股最激烈的时候，他惺惺懂懂潜回战场，甩开蛇成一根鞭子，不问青红皂白一一鞭去，娃子们看见打到身上的是蛇，吓得魂不附体鬼哭狼嚎仓皇而逃。

剩下小石一人，高高立着木愣，听哭号声渐渐消失在山后，嘴角绽一些含意深刻的笑纹，右脚后退做成马步，手臂飞速地旋几旋，心满意足地把蛇扔出去。蛇在空中转几道弧，很快落到坡下，成一条僵尸。

七

玩蛇的事还没有了结，娃子们回去告状，小石阿爸先是红

129

了脸，继而不动声色，叫过小石，厉声道：

"跪下。"

小石不跪，竖立着，合上眼皮。

小石阿爸又喝道："你跪不跪。"

小石不理睬，掉头欲走。

老头儿着了火，一把扭过小石，按倒在地，弓身一阵拳擂，小石倒地上既不挣扎也不叫喊，默默忍受父亲的拳头击到身体的各个部位，一点儿感觉也没有。小石母亲见没有动静，以为打坏了，一把眼泪一把鼻涕拉扯着："小石他爸，饶他一次吧，人谁不犯错，改了就是了，那么大的人还用得着你打。"因为小石没有反应，小石他爸打得乏味，加上他妈的恳求也就将就放了，小石慢慢爬起，拍拍灰尘，冷冷地说：

"不打了？"

这一问，老头儿半天说不出话来，可谓气极语咽，最后一字一顿学着小石的腔调："不——打——了？"说完急急去寻了麻绳，将小石推进房间，五花绑上，走到门口回头沙哑道："不会走，先学飞，看你翠到哪里去。"随即将门砰地狠声锁上。

房间里墨黑一团，角落老鼠唰唰地啮咬着板壁。小石静立着，用心体味着被父亲拳击过的部位，隐隐地酸痛。这时候除了酸痛，一无所有，体内的某种东西潜伏下来，不再折腾得他浑身奇痒，怪舒服的，甚至忘了自己是被绑着，竟想跳跃起来，痛和快的组合实在太恰当不过了。梦遗以来的恐惧被父亲打得干干净净，不留痕迹。他不再害怕米燕，米燕还是老样子，是他的堂妹他的隔壁邻居他童年的老婆，他大可以一如既往又抓又摸的。

门外脚步响连着几声咳嗽，有邻居进来，老头儿连声说：

"坐、坐、坐。"

"小石玩蛇了。"是米燕他爹的声音。

"没说的，阿叔，孽种迟早害了自己，也害别人。"

"蛇是神物，真玩不得。"

米燕他爹咳嗽几声，接着又重复讲起蛇精的故事。大意是一个老头上山砍柴，碰到一条蛇精，蛇精强行要娶老头的女儿当老婆，否则就要吃掉老头。这故事小石听了一千遍，早听厌了，但这时听起来却又别有滋味，他一字不漏地听着，想想自己整日上山捉蛇着实害怕，再想想并未捉着一条会说话的蛇，又放了心。

不一会儿，隔壁传来凄切的暗泣声，小石吃了一惊，细听是米燕在哭，抽泣声到唇边被手捂着，很低沉，一阵紧似一阵，一阵比一阵短促，并伴有手指抓草席的嚓嚓声和鼻孔倒吸鼻涕的淅淅声。小石仿佛知道哭声与他有关，只觉得心往下掉，渐渐地，抽泣声盖过讲古，在暗中放大起来，如紧锣密鼓，在他脑海里回荡。他真想过去捏住她的鼻子说："别哭，别哭，有我呢。"一抽身，发现自己让绳子绑着，动弹不得。绳子在身上扭来扭去有点紧，如蛇。转而想叫一声米燕，让她知道他就在身边，并没有被打坏。等真要叫，却又犹豫了，即

131

便是低低的只有自己听得见，拼足勇气，叫到嘴边，还是哽住。

隔壁的哽咽传过来。

八

小石上山，还是老样子，跟米燕隔一个岗，离一个坡。

可是母牛发情了。

娃子们叫叫崽，叫崽就叫崽，母牛垂着泛白的泡沫，仰头四望哞哞哞地呼唤，并打喷嚏奋小蹄去寻去年的情种。小石挥舞竹爪，在后猛追，母牛越发奔得快，一跃一跃的，简直是马。呼叫声一路不断，满山满谷热烈地回应着，娃子们耳里就全都是母牛叫崽的声音。

那边米燕牧的黑牯牛听到呼唤，也放弃青草扬蹄急急地赶来，米燕见状，也挥舞竹爪，在后猛追。其实她大可不必追赶，无非下意识学小石的动作，脚步由不得自己。山坡上便见一对男女莫名其妙地追赶两头发情的黄牛，大人若见了，肯定哈哈大笑的。

我得补叙一下，母牛叫崽，公牛本来得厮杀一场，这是自然界的规律，我相信公牛的两只大角就是为了争夺母牛而生的。但小石喜爱米燕的黑牯牛，这家伙高大强壮，肩峰掣在脖颈上如一座山，真正的"气势如牛"，尽管有点老了，可仍老练自如，确也惹人喜爱。小石是看牛头，不仅管牛娃，还管母牛的配偶，所以黑牯牛就省去一场惊险的角斗，不斗而享有小石母牛的专利。

　　往年，母牛叫崽，他可乐了，命令娃子们牵住自家的牯牛免得过来捣乱，他和米燕将牛赶进僻静处，母牛翘尾巴等待，牯牛后退几步，一个俯冲，骑在母牛背上。他眼盯着，不禁手心大腿丫痒，心里更咯咯痒，三下五除二，按倒一旁专心观看的米燕，滚作一堆。今年境况不同，他非但不乐，反而仇恨，挥舞竹爪猛追。两头牛碰面，正欲接嘴，小石挥起竹爪朝牛头一个劲狠抽，像弹棉花。牛头被抽到的地方很快勃起一溜儿一溜儿的爪痕，即便母牛再有耐性，也是经受不住的，只得掉头而逃。小石不解气，又追；黑牯牛不甘心，也追；米燕乱了方寸，不知自己在干什么，追。两头牛两个人，一队排开一个方向，追。灌木丛前面扑来又向后面弹去，一路啪啪地响，风呜呜地叫，小石越追越急，渐渐觉得自己在飞，两侧闪闪地流过绿的河流，脚下的灌木丛是一片绿云，他腾云驾雾，如履平地。突然，他感到屁股眼让牛角挑着，急忙一侧身，公牛嘴正好顶住母牛的屁股，母牛马上就不逃了，尾巴高高翘上似一杆旗。米燕迷迷糊糊的不知牛已停住，也一头撞上黑牯牛的屁股眼，一踉跄，摔了个四脚朝天。

　　小石见米燕躺着不动，心头一酸，不由自主地过去，拉了拉，咕噜道："摔着了吗？"

　　米燕不回答，只拿眼定定地凝他，圆了嘴艰难地透气，小石亦拿眼定定地凝她，身子缓缓地瘫软下去，草木掩过头发。

133

慢慢地米燕平下气，忽然脸涨得透红，嘶声道："逃呀，逃呀，你逃呀！"接着两眼汪汪地流下泪水，似两汪山泉，清亮地顺着冷却了的脸孔滚下。

小石心里一阵酸楚，张开双臂，拥过米燕，这回再不是梦中的幻影了。

事情就这么简单，身体一接触，恐惧就消失了，小石不再害怕，真的不怕。第一次激动过后，他探头察看山势，原来他们已经跑得很远，那边山脊静静的，没有娃子追来。阳光从山头上斜照下来，坡上的新叶浮着半层金黄，牛们在一旁摩耳擦鬓热乎乎流着牛泪，却很安详，大概早骑过背了。他心里一阵痒，回头趴到米燕身上，米燕也很安静，好奇地望着他，他抽手去解她的裤腰带，米燕脸上堆出一片绯红，一边咕噜着："莫啊，莫啊。"双手挡住裤腰带。小石一个手指一个手指掰开，米燕不再阻止，任小石摆布，并很严肃地望着上面的小石、灌木和枝叶间漏进的天空，枝条在身下折折地断裂。

小石屁股一撅一撅的，不学也会。枝叶的光影投到嫩嫩的屁股上，有规律地游动。米燕躺在下面，一动不动，忽然，哇的一声叫出来，带哭脸道：

"莫啊，莫啊，疼，疼。"

米燕弓起身子一看，吓得差点儿昏过去，只见殷红一片，慌得就哭了，看见小石一边呆着，像一段木头，赌气说：

"坏了，你赔。"

九

往后不难想象，一夜之后米燕不疼了，不过，不能不做出些女孩的矜持，一两日内不搭理是必须的。早晨，小石在牛栏门前十分庄重地问："还疼？"

"要你管？"

小石看她只是有点气，其他没什么异样，一头心事放下，忙着去赶牛。

春天赶牛上山，不像前面写的那样轻松，母牛一叫崴，牛队就不成样子了，娃子们一头一头监视，乱得团团转，嘴里老虎扒腿不要脸地乱骂一气，可母牛就是赖着不走，真是又可气又可笑。牯牛嗅到气味，一头一头拼命上前挤。更要命的是不择地形角斗，平日豁达大度和平相处的牛啊，一下色迷心窍，结了九世冤仇似的，一见面就往死里斗，娃子们奈之何？竹爪挥舞得密不透风也无济于事。这地方坡陡壁深，牯牛脚一滑就没命，这些牯牛们十有八九是死在争夺母牛上。好在牯牛都是生产队公有的，死也就死了。春天，娃子们有的是牛肉吃。

米燕的黑牯牛就是这样死的。

黑牯牛死的那天下雨，云头俯到山脚，山上湿淋淋的，爬不得坐不得，娃子们没有去处，闷闷地正要回家。忽见阿旺家未开荤的处牛不吃草，在溪坪上转来转去，翘起尾巴哞哞叫，娃子们知道有戏看，雀叫着又叫崴喽，退一旁静观。

135

马上有米燕的黑牯牛和另一头黄牯牛横过来，两头牛都想独占，各不相让，低头撞将起来，夹尾巴曲脊背正斗得欢，又一头趁机过来捞便宜，径直朝处牛背上爬，二牛一见渔翁得利，随即拆阵联合出击，直把那头撞得狼狈而逃，再赶上一边避去的处牛。争。这样，牯牛越斗越多，你斗一角，我追一步，全乱了套，一直随着处牛斗到坡上。

坡上滑，更有一丈多高岩背突着，险。娃子们本来该赶牛下山，但坡上湿，谁也不愿去，算了。况且摔下来也是活该，谁叫它们争着？

牯牛长久的相争，实害苦了小母牛，它哞哞哞叫得急切。阿旺听了动心，忍不住上去帮忙，娃子们齐喊：

"赶下山来。"

"偏不，你们这班狗种，懒骨头。"

阿旺想要米燕的牯牛，得个好崽，穿着棕衣笨重地在牛群和枝叶间蹿来蹿去，追赶其他牯牛。牛却经得起打，你打得凶，它歪歪头，等竹爪一放又照样追。阿旺赶了半天，没个结果，气得破口大骂。

娃子们在下面哈哈笑。阿旺一气之下砍来一根柴刀柄大的木条横扫，到底把牯牛们扫出几丈之遥，黑牯牛不失时机骑上，毕竟是情场老将，只几口气工夫，小处牛就疼得一跃而去。

小石透过雨雾，集中看小处牛的屁股眼，果然拖着血迹。他恍然大悟，嘴角抿起微笑。

136

黑牯牛专注于小处牛，不料，黄牯牛从山上冲下一头撞来，老黑猝不及防，四脚朝下斜斜滑去，到岩背，后蹄悬空，翻滚而下，随着一声闷响，老黑在岩下翻一个跟斗，接着一圈一圈滚下，直到溪坪，像是被山坡扔到溪坪上。

娃子们喊一声天，围过去。米燕蹲下推推拍拍，叫着："喔喔喔，起来。"

老黑躺着不动，照常抬头沙沙沙地倒嚼，满不在乎的样子，只是再站不起来，竹爪猛抽也毫无反应。小石跺跺脚惋惜道："坏了。"

米燕看看小石，脸一沉，呜呜哭丧起来："牛，牛，牛，我的牛。"又指着阿旺鼻尖："你，你，你，都是你。"大家被呜呜得鼻子涩，不觉也跟着呜呜起来。

老黑它也该满足了，有那么多娃子为它哭，别的牛死，哪有这般礼遇，娃子们想的是快叫大人来剥皮。

十

米燕好像刚刚发现自己有个身体，以往自己只是些声音和动作，当刺扎进皮肉才感觉到皮肉。但山上的一番云雨之后，随时都有另一个自己在注视着自己的头发、眼睛、鼻子、脸上的皮肤、嘴唇的厚度、手背的毛孔以及身体任何一个细微的部位，常常让自己给注视得不好意思起来，脸烫烫的。

山上的内容也有了变化，譬如独自去溪涧边坐石头上瞧自己的倒影。水从岩缝间挤出，到她跟前，必是小小的一潭，清亮透澈，水中的人儿倚着底下的碎石子儿、倒着的山影和山尖下一角云天，默默地注视她，很长久地注视她，可恨水中人只有一个轮廓，蒙蒙昧昧的总不见皮肤的颜色。米燕脸是不是还红呀。轻轻拨开一层水，水却荡漾了，水中人晃晃地破碎，融入山影和云天，不复是完整的人。

这时阿旺若见了，嘴里灌满水，潜过来，喷她身上，米燕一惊，仰起脸，红红的，不言语，阿旺错认为是生气，嘟嘟嘴不尴不尬地退去。

米燕便埋头水中，黑发漂浮水上，散成一朵花，拿手揉、搓、搔，将山上带来的头屑洗掉，抬起头捏捏，上太阳地里摊开晒，干了再去水边照影，嘿，亮多了。暗自高兴地驮柴回家，一摸头，真冤，又沾了碎片子，洗，再洗。洗完头，头上冒着热气，匆匆进房间照镜子，脸蛋被温水温得洁白而且鲜嫩，两边披下的黑发湿润油滑，秀色可餐。她捏一绺塞嘴里嚼，哧哧地笑了。

然后是梳头，梳成哪种样式倒真不好办。额前遮一层刘海，头发扎成一把挂到胸前？还是打辫子？打一根还是打两根？或许干脆就是披肩发？米燕终不能确定哪种样式最好看，跑去问她妈：

"妈，我头发哪种样式好看？"

"随便哪种。"

"嗯，究竟哪种？"

"你想哪种就哪种。"

"你讲不讲!"

"就这样式。"

米燕很失望,心里烦躁,继而感到头和衣服不相衬,在山里爬了半日,衣服老碰着带尘土的枝条,坐草坪又沾了草汁,更糟糕的是早上叫牛尾巴甩了一下,不可不换。想着想着就忘了头发的样式,转而换新衣服。好了,随即轻松无比,飘然欲飞,按按胸前鼓鼓的奶子,扭头摸摸背后的屁股,十分满意。跳到母亲跟前,炫耀地说:

"妈,我上山了。"

她妈一看米燕又换新衣服,指责道:

"上山穿新衣服干吗,又不是做新娘。"

米燕没想到母亲会这样说。

十一

春天过后,雾聚到天上作奇峰,太阳报复似的燥热起来,到了着衬衫的时节,米燕身体着实丰腴了不少,乳房屁股都涨得紧身,走起路来步态婀娜。体内发出一种前所未有的气味,渗进娃子们的皮肉、骨头、脑髓,燥人,比阳光更燥人。阿旺很想过去抓一把奶子或屁股什么的,眼睛歪歪的,脚步歪歪的,近前那气味越发浓烈,熏得脑瓜昏昏的,他努力睁眼看看米燕,无可奈何地退去。暗里说,米燕妈妈的真可怕。

这个夏天，米燕在娃子们抓摸的游戏中，不再是中心。男娃闻着那气味皆不敢近前，小石在娃群中绝不轻易去碰她，独坐在阴凉处，脚浸着流水，看娃子们大汗淋漓地乱抓乱摸，并不知道她身上有一种气味叫人害怕。米燕另一个方向面他而坐，目光时常飘过来，撞上，撞出浑身的燥热。各自仰头看山上的阳光，一片白光。甲虫的气味、牛粪的气味、阳光闷热的气味，搅和着体内发出的说不出味道的气味，逼人透不过气。装着满不在乎，低头去玩水，果然有清凉阵阵爬上手臂，再抬头看山上，山上兀自一片乌暗，渐渐透出白光，却不热，米燕以为是月亮泻下的。

　　噫，夏夜那么美好。

　　米燕躺在屋里，身边挤着弟妹。蛙鸣吵吵闹闹的自月夜传来，睁眼看板缝外的月光，在屋檐外满地铺银，咕噜道："妈，外面凉呢。"

　　小石隔壁听见，不一会儿，就愤愤而骂："热，热死人，妈，我去外面睡。"

　　"哦，凉了进来。"

　　小石便一跃而起，搬了竹椅嘎吱嘎吱出去。米燕转几个身，朝她妈喘起粗气来，她妈说："热呀？"

　　"嗯。"

　　"是热，我也流汗。"

　　"妈，我出去凉。"

　　"你不怕。"

140

"我就在门外。"

"怕了进来。"

"哎。"

米燕开门出去，看见小石躺月光下，走近了，小石转动黑眼睛望她，然后伸手往她身上各处摸，湿湿的。米燕惊惶地看看屋子，嘴唇朝那边唼嚅。

两个影子遂蹑手蹑脚地穿过一段月光，向屋后柳杉林子进去。蚊子从沉睡中惊醒，纷乱地嗡嗡而叫，月光在林子外面白白的宁静。林子里乌暗乌暗的，谁都看不清谁，形体骤然消失，小石感到米燕渐渐变为一团温热的气体，在不断往外涌往外涌，一浪一浪将他推到远方，靡靡然不知身在何处。

米燕说："我们独自有房间就好了。"

"嗯。"

"我跟我妈说，我要独自一间，你猜她怎么回答？"

"不知道。"

"她说，想独自一间，早点儿出嫁。"

"嫁给我。"

"屁，你知道怎么讨老婆？"

"不知道。"

"还说。"

小石还想接下去，米燕发觉出来久了，应该回去，慌忙说："回去，大人知道了没命。"

他们回屋的时候，夜确实凉了。

141

十二

你发现没有，小石米燕他们恋爱，我居然没有提过他们接吻。这不是我的疏忽，小石一动真格，就扒裤子，不像城里人先文学哲学什么的，而后嘴而后胸而后依次而下，可谓一步一个脚印。他们知道嘴除了吃饭说话吐口水之外还有接吻的功能，是在恋爱不算很短的一段时间以后。

夏天的某日，公社电影队来村子放电影，这稀奇事村里人一年难得见上几回，娃子们无不把看电影看作隆重的节日，一见某座屋前的天井扯了白白的电影布，早早搬了凳子竹椅去抢占位置。小石米燕自然不例外，日头老高就从山里回来，连偷情都暂时让位给电影了。夜里同坐一条四尺凳看银幕上映出他们陌生的城市和陌生的男女，这回同以往很不一样，是他们相当熟悉的男女之间的事。幕中人在一棵树下或者电影布样白的房间里，说说笑笑，而后拥抱起来，并不躺下扒裤子，却伸过嘴来互相咬，男的高，女的低，一俯一仰，几分钟过去，还是蠢蠢咬住不放。小石只晓得狗猫之类的动物互相咬，不知道一对相好的男女也可以这样咬，眼睛看得越来越圆，突出来，几乎跳到银幕上去。幕中人咬完了，还是不躺下，各自微笑很快活，又是说说笑笑，说一些他不知所云的事。小石回味那咬的动作，大概很有味道吧，嘴里不禁爬上口水，嘴唇痒痒的好像虫子爬过，舌头有一种伸出来舔的欲望，他急欲一试，朝米燕

142

屁股捏了一把，起身钻出去。

米燕很解风情，耐了一会儿，随着小石远去的口哨声到屋后的柳杉林子。月光在天空某处泻下，从针叶间漏一些进来，散地上一溜儿一溜儿地亮，在半明半暗中，小石看见米燕鼻子底下的红唇噘起，煞是动人，扑上去一口咬定，米燕疼得直往后倾，又叫不出声，只在喉间呜呜发些鼻音。待小石放嘴，米燕喷着唾沫星子骂：

"疼死，鬼！"

"哦。"小石反应过来，学电影注视米燕，慢慢俯下头，米燕仰起脸接住，互相吸吮起来，不觉将舌头伸进对方嘴里卷。几分钟过去，米燕坚持不住，收回嘴，抹抹嘴唇的唾液说：

"臭，口水臭。"

小石也颇为失望，说："他们怎么那么有味道。"

"城市人嘴涂香油，口水香呢。"

"怎么单单接嘴？"

"有味道呢。"

"不来那个。"

"什么那个？"

小石不说，伸手去摸大腿丫，米燕扭身笑道："猪，这种事好映出来你看的。"

小石手触到大腿丫，像机器按上开关，口水的臭味很快干了，不碍事的，堵着米燕耳朵说："我要。"

"别，人看见。"

"鬼都在看电影呢。"

终究是扒裤子来劲，过后他们很快把城里人必不可少的接吻忽略了。

十三

从某天早晨开始，米燕胃里不适，感到被什么东西往上顶着，想呕吐又呕不出东西来。饭量是少了许多，看见油腻就发慌，空着肚子上山，头有点晕眼有些花，路、山坡和山坡上的黄牛，都虚虚的看不真切。回家呜呜地向母亲说："我不舒服呢。"

"哪里？"

米燕摸摸心头、胃、肚子，一时却想不起究竟哪里不舒服，随便指指肚子说："肚子。"

"怕是日头气受了，吞颗人丹。"

米燕一连吞了好几颗人丹，阴凉的蛮爽口，可肚子好几天还是一直往上顶，饭食照样不进。确实病了，她母亲料她是日头晒的，解除了她上山的任务，在家玩几天，等肚子好了再上山。

米燕在家闲着，偶尔帮母亲料理些家务，日子过得比山里慢得多，日头停在一个地方不动，抬头恹恹地往山上望，总不见娃子们下来，山道弯弯，时断时续将山坡的苍翠割成两半。

144

阳光落到山道上，黄色。看久了，有一个影子移动，一时上一时下一时左一时右，模模糊糊，不知去向。米燕想是小石呢，走去迎接，却是一棵树，她专注于那棵树，立太阳下呆呆的不禁强烈地思念，就像古人说的一日不见如三秋兮。太阳依旧停在原地，仰头阳光落进鼻孔，不知所措地打一个喷嚏，肚子一阵疼。

待太阳的光影自山脚缓缓往上爬，竟至于缩小为山头的几许金黄，一抹余晖从高高的山头上斜照下来，投到米燕焦躁的脸上，这时，穿过一层薄薄的光线，才见山坡上一队黄牛腆着大肚子，以慢得不能再慢的速度爬下，背后跟一群驮柴的娃子。米燕脸上的颜色不辨余晖抑是笑。牛渐渐地越走越大，她瞧见自家的母牛了，胃里一阵放松，嘚嘚上前去，喔喔喔地喊。小石掀动肩上的柴火，探出头来，看见米燕眼睛异常的亮，将整个黄昏照得也透亮透亮。

关上牛，米燕瞧准无人，一头扑进小石带汗味的胸脯，急不可耐地嗫嚅着："想死了。"栏里的母牛看见，侧头伸出栏关，若有其事地朝他们嚼，似乎在说：不慌哪。

小石说："肚子好些没有？"

"一样。"

"我来摸摸看。"

正当小石为米燕摸肚子时，转角处有脚步响起，无奈只好分开，各自立牛栏前，把关上的栏关卸下再关。

进来的也许是米燕母亲，提一桶猪料，朝边上的猪槽里

145

倒，一边说："米燕，快些关上，吃饭了。"

"不想吃。"

"少吃点儿，快来。"

米燕不得不去吃饭了。

饭后很长一段时间，屋前屋后到处都是乘凉的人，更有娃子们捉迷藏东跑西跳，他们是无法找到一处地方亲热的。这问题不大，以前也如此，重要的是大家入室以后，米燕准时听见小石开门嘎吱的声音，这时她再要求出去乘凉，她妈就不允许了。

"别去，身体不好，再受凉气，你要命不要?"

"热啊。"

"困了就不热。"

米燕怕受凉气，不再强求，只无端地痛恨肚子不争气。再说她只是心里想得热切，那个来不来倒无所谓，甚至有点怕，肚子不舒服呢。躺床上实际比树林子里好些。静听屋外小石口哨呜呜地暗示，渴望变为内疚，觉着十分过意不去，辗转反侧地等小石进屋，才鼻子酸酸地睡去。

一段时间后，米燕肚子不治而愈，饭量正常了，只是尿尿的次数比以往多，不多久就得蹲一下，数量又不多，很麻烦。不过，能够上山夜里又可以自由乘凉，还是挺高兴的。

十四

娃子们上山，有时不走山道，赤身子沿溪涧爬，有水玩，

146

又有石蛙捉，蛮乐的。石蛙这小东西，长着黑色的皮肤，样子极难看，夜里喜欢跳到岩背上鼓着两只蛙眼数星星，村人常点火把去捉。有石蛙的地点都有蛇，村人都说，这两种东西是神物，蛇是神的面，石蛙是神的鸡，鸡比面贵，人吃了很补的，但捉石蛙被蛇咬了也是常事。白天，石蛙一般躲水下的岩洞里，也有爬到山上乘凉的，不易捉到。娃子们不在乎捉到捉不到，有个东西捉捉就够开心了。

阿旺远远跑在前面，一路捡石子儿朝山上打，侥幸打只石蛙下来，没有也得丢块石子儿到水里，扑通一声，大喊石蛙跳下了。娃子们上当，急急去水里扳，也许石蛙藏石块下面呢。小石和米燕故意落在后头，不多久，就跟娃子们隔一个弯一个岗，看看娃子们远去，四下无人，心里恍惚得很，溜到山上，亲热一下。米燕远远听见娃子们扔石头的声音，紧张地说："快，快。"

然后，米燕又说："肚子疼。"

小石没什么好回答："很疼？"

"也不是很疼。"

"我们也去捉石蛙吧。"小石想起娃群，快步去追，以免时间长了他们怀疑，示意米燕在后慢走，隔一段距离，表示他们并不在一起。

看见娃群的时候，小石装着认真寻找石蛙的样子，不看他们。阿旺坐上边的潭口喊："快来，刚才一只石蛙跳潭里去。"

小石三步并作两步跑去，娃子们一个一个望他，争着说：

147

"真有一只石蛙跳下。"又做个手势："那么大，没半斤也有八两。"

小石低头看潭，呈三角形，阳光被山挡在外面，潭水阴阴的，溪水自一角冲下，激起一圈一圈的水纹，看不见底。他兴奋起来，抓石子儿朝山上乱扔一气，好像要发泄什么。忽然山上一只东西跳下。"石蛙。"大家齐喊。小石越发地兴奋起来，就地劈一些枝叶，用石头压水源上，潭面随即平静了，底下的石子儿映上来，粒粒可数，石蛙伏在潭底清晰可见。他扔一粒石子儿下去，眼睛追随着石蛙蹿进洞里。

小石解下腰间的刀鞘，准备去捉。这时，米燕也到了潭边，看小石解衣服，好像回忆起什么，眼睛不由亮了亮。小石看一下米燕，知道肚子还疼，这只石蛙非捉来给她补补身子不可。山里的水凉，先掬把水拍拍胸部，然后一头扎进水下，留两只脚掌在水面扑腾，就像鸭子钻进水里抓食物。不一会儿，潭水哗啦一声响，小石钻出水面，高举的手里捏着一只石蛙，娃子们水花般地笑起来。小石另一只手的手指伸入石蛙腹部，石蛙的前脚便紧紧抱住手指，小石说："是公的。"

娃子们也争着拿手指来试，说："是公的。"

米燕说："你们怎么认出来的？"

阿旺看看米燕的胸部，哇的一声道："这也不知道，摸摸它的胸部有没有奶子，不就知道了。"

娃子们又水花般地笑起来，然后询问石蛙给谁吃。当然是给米燕吃了，可是小石不能告诉娃子，笑笑说："反正轮不到你们吃。"

米燕溜一眼小石，心领意会地笑一下，小石就老惦记着杀石蛙给米燕吃。这天早早地赶了牛群回家，大人还在田里劳作，正是杀石蛙给米燕吃的好时机，若让大人发现，盘问起来，怎么解释呢。小石赶紧杀了石蛙，关起门来，用红酒焖熟，偷偷地叫隔壁的米燕来吃，米燕看着碗里的石蛙，黑的皮，白的肉，说：

"我不敢吃，你自己吃。"

"快点儿吃，很补的。"

"我一个人不吃，要不我们一起吃。"

"你肚子疼，你吃。"小石焦急地看着米燕，又说，"吃了肚子就不疼了，快点儿吃，让大人发现，说我们偷吃，不好交代。"

"那么你尝一块，我再吃。"

小石只得尝一块，而后看着米燕吃，一种自豪感在他心里膨胀起来，觉得自己是个男子汉了。

十五

米燕吃了石蛙后，肚子确实不疼了，但肚子却动起来，好像是有一只石蛙在肚子里蹿来蹿去。米燕发觉自己的肚子有东西在动，很是害怕，赶紧神色慌乱地找小石商量。

米燕说："我肚子里有东西在动。"

小石说："什么东西？"

"好像是我吃进去的石蛙。"

"鬼话。"

"真的，不信你来摸摸。"

小石就将手伸进米燕肚子里摸，米燕说："不要乱摸，按住这儿，这儿刚才动了一动呢。"

果然，米燕的肚子是有东西在动，小石按住的手感到被肚子里的东西顶了一下。小石奇怪地说："真有东西在动。"真是不敢相信，小石又解开米燕的衣服，盯着肚子看了半天，可怎么也看不见肚子里在动的是什么东西，倒是把米燕弄得越发害怕起来，几乎想哭了。

小石说："别害怕，可能是肠子在动呢。"

米燕说："不是，我觉得是石蛙，它在里面跳来跳去。"

石蛙在村人的脑子里向来有几分神秘，小石也不可断定被米燕吃进肚子里的石蛙，就一定不在她的肚子里跳来跳去，这问题小石无法解决。米燕只得向母亲求救。

米燕母亲看了看肚子，又摸摸会动的部位，顿时脸色发白，好像见不得人似的，把米燕拖进房间，来不及审问，就自己先哭起来。米燕以为自己要死了，也跟着痛哭起来。

米燕母亲边抹眼泪边骂说："你还有脸哭。"

米燕听得母亲口气不对，就止了哭。米燕母亲说："你还想不想做人？"

米燕不懂是什么意思。

米燕母亲说:"你还想不想嫁出去?"

米燕还是不懂什么意思。

当母亲审问是谁作的孽,把她肚子弄大,米燕才明白在肚子动的是孩子,原来和小石那样是要生出孩子来的,孩子在肚子里实在是比石蛙在肚子里还可怕,明白了的米燕又害怕得痛哭起来。米燕母亲见女儿这等伤心,就忘了骂,倒是安慰起女儿来了。

米燕怀孕,也不只是米燕害怕,其实我也非常害怕,她一怀孕,我就不知道接下去该怎么写了。米燕和小石是门外少年,我的意思是他们生活在社会和文明之外,譬如放牛的山上。而一旦怀孕,就得回到现实中来,而现实大家都说是冷酷的,至少也是世故的,事情就麻烦了,我就无法继续他们那种天真烂漫的性本能了。

新同居时代

同居刚刚开始

——她不是出租房子，她是在找情人。

合　　租

楼房，地处××，二居，家具家电齐备

离车站 2 分钟，×路、×路、×路车等

如果你是一位 21 至 27 岁的女孩

如果你能承担 800 元的月租

如果你想在无聊时有人陪你聊天

如果你想有家的感觉却不想为它承担责任

如果你"只想开花，不愿结果"

那就请来（电话省略）联系人：×先生

你是我的有缘人吗？

想在××附近安家落户的我，在找有缘的你。共

155

同分享1500元以下房租带来的乐趣，好吗？最好是
××大学的女孩（传呼号码省略）等待你的声音。

联系人：×先生。电话：（省略）

寻 合 租

××小区楼房，二居，交通便捷，环境
优雅，豪华装修，大客厅，出租其中一间，
15平方米。水、电、暖、浴、电话（可单
独拥有一部）、电视、电冰箱、洗衣机、微
波炉，应有尽有。月租1000元，限单身男
性，35岁以下，高学历者优先。

有意者来电（省略）联系人：高小姐

这三则寻合租广告是我在网上抄的。前两则来自263网，
第三则来自水木清华站。前两则意图十分明白，还不乏柔情蜜
意。我觉着好玩，抄录在此。第三则广告，我则是"有意者"。
二〇〇〇年的岁末，我和同屋天才、孤独者，因为找了两个女
孩同住，惹得老房东抗议，要赶我们走，只得灰头灰脑另觅住
处。那天晚上，孤独者在水木清华BBS上看到高小姐的帖子，
眼睛一亮，大叫起来，哇，有戏啦，限单身男性，三十五岁以
下，高学历者优先。我们有戏啦！天才眯了眼睛盯着显示屏半
天，突然口吐白沫道，骚。大家就嘻嘻哈哈开心得不得了。我
随即给高小姐拨电话，喂，高小姐吗，你有房子租？你是哪里

的？北大的。条件你都看到了？看到了，可以看看房子吗？可以。什么时候？就现在吧，有空吗？有空。

搁了电话，我说，她好像迫不及待等着我们哪。

天才和孤独者齐声问，怎么样？怎么样？声音好不好听？

我说，不太好听。

那我不去了。孤独者说，你们两个去，我派你们两个去，先遣部队。

天才说，去，去。于是一同去。

我说，白痴。

天才说，你才白痴。

路上，我告诉天才，高小姐很暧昧，尤其是说"条件你都看到了"那句，特别暧昧，她不是租房，是在找情人。天才说，好啊，那么我们猜猜高小姐长得怎样。我说，当然是恐龙，若是美眉，还用通过租房找情人，她的房子早被青蛙挤破了。天才听了，头一歪，就泄了气。

高小姐的二居比我想象的还豪华一些，这是我迄今为止在租房过程中见过的最阔气的。高小姐本人我不想进行描写，但我注意到了她的胸部，极丰满。我说，房子，好，好啊。高小姐开始蛮热情的，查明了我们的确切身份，就介绍房子，从客厅开始，什么东西共用，什么东西她个人专用，当然你想用也可以用。听到这儿，我再次感到高小姐很暧昧，不只声音，还有眼神。这时，门铃响了，又来了两个租房的，那两个比我和天才高、大，起码比我们长得更像人。高小姐见了他们，便给他们介绍，不理我们了。刚送走他们两个，高小姐的电话又响了，这中间，我们坐在高小姐客厅的沙发上，天才不时地眯眼瞧她的胸部，然后像一个白痴朝我傻笑。我低声说，租不租？天才环顾一下房间，很是迷恋此间的物质生活，或许还有高小姐的胸部，说，租吧，先说租吧。

等高小姐忙完，我说，住三个人行不行？

高小姐说，不行。

我说，那两个人行不行？

高小姐说，最好一个人。

我说，那就是两个人也可以考虑？

高小姐说，最好一个人。

我说，那好吧，我或者他，我们其中的一个，租了。

高小姐看看我又看看天才，慢吞吞说，对不起，现在我不能答应，至少要三天以后。

就是说她准备挑选三天。她房子在握，就像个公主。从她的神态我知道落选了。她根本看不上我或者天才。我也没看上她呀，可被一个我看不上的女人看不上，我和天才的自尊心受了伤害，回来的路上都沉默无语。

后来我就不知道高小姐找了哪位单身男性合住。直到上周，我突然想起手机里还存有她的电话号码，便打电话问她是否愿意接受采访，想不到她竟答应了，电话里传来她爽朗的笑声和那位同居者模糊的笑声。

她似乎不愿我进房间采访，就约了在她楼下的茶馆里见，这回我才感到她是很和善的。她在某校学英语。

我说，后来找了哪位合住？

高小姐说，就那晚你见过的那个高个儿。

我说，相处得好吗？

高小姐说，挺好的，是朋友了。

问一个我不算熟悉的女人找异性合住是否有找情人的意思，我自己也感到难堪，额头都冒汗了，但我还是明白地问了。我说，不方便，你可以不回答。

高小姐笑了，说，男的都很直接，有个租房的过来就问，他住这儿是否可以向我提出要求，性方面的。我说不可以，这哪可以。

我说，就这么问？

高小姐说，就这么问，他年纪很小的，比我小。其实，我找男的合住，是觉得跟男的合住容易相处，原来跟女的合住，两个女人很容易在一些细节上互相较劲。

我说，是的，异性相处容易互相关心。

是的。高小姐出乎我意外，直接提到了性。我不是在性上有要求，但我确实希望有感情，希望男人关心我，女人是很需要关心的。

我说，是的，是的，男人也是很需要关心的。比如我，有时候走着走着，突然就感到很凄凉。

是啊，是啊，就是这样。高小姐说。

这就进入心灵了吧，那瞬间，我和高小姐似乎分别到达了那个叫凄凉的地方。我的采访应该说很成功。

最后，高小姐给我讲了一些她班上的事。前几天，她班上进行了一次"同居还是结婚"的测试，五十多人，百分之八十以上选择了同居，只有一位女孩站起来宣称：选择结婚。结果全班哄堂大笑。

同居正在进行

——我跟她同居，但我不知道她是谁。

那时，我住在圆明园对面，正对着这个中国最著名的废墟。是三居室，我和天才、孤独者各住一间，全是光棍，不知处的是什么时代，是天才率先引进了一位女孩同居，使我们突飞猛进，一跃而进入了新同居时代。

天才带领着我们走进了新同居时代。

天才学的是计算数学。据说是个技术天才，早在中学时代就才华毕露，获得过全国奥林匹克数学冠军。如今他一个人可以包下一个大网站的所有技术。大概他太厉害了，没人可以教他，读完本科，研究生也懒得上了，就进了一家大富豪办的网站当了首席程序员，做起令人尊敬的技术白领来。

天才白天上班，回来便趴在电脑前上网，他是生活在电脑里面的虫儿，如果要让他自杀，方法很简单，将电脑藏起来即可。天才在读大学三年级时，就被学校预先决定毕业后派往法国留学，但他沉迷于上网，到了四年级，法语一塌糊涂，又被

160

取消了留学资格。天才其实是很想去法国留学的，这大概是他有生以来受到的最大打击，使他有点消沉，越发沉迷于上网。他是没有作息时间的，可以在任何时间上网，也可以在任何时间睡觉，这让我和孤独者有点痛苦，但我们不能干涉他，否则，他一开口就骂人白痴。"白痴"是他的口头禅，因为他，"白痴"成了我们使用频率最高的词汇。他总是半死不活的、懒洋洋的，眯着似乎永远也没睡醒的小眼睛，嘴角总残留着几点白涎，然后，"白痴"这个词连着白涎就从他的嘴里吐出来，那尊容确乎像个白痴。

白痴，不，天才，又是忘我的，常常忘了他自己——他的身体包括他的灵魂，最糟糕的是上厕所总是忘了冲洗。我很恼火，但想想他是天才，能够跟天才同住一屋也实在有幸。我没有理由不为国家爱惜天才，所以他的排泄物都是我来冲的。

你不觉得为天才冲洗排泄物是一件荣幸的事吗？

这样的人会谈恋爱？我一直是持保留意见的。但天才确确实实是恋爱了，而且还是这个时代跟电脑一样时髦的，网恋。他恋人的网名叫梦中的王语嫣，我看过电视剧《天龙八部》里的王语嫣，已经够漂亮了，正在做梦的王语嫣当然又比没有做梦的王语嫣漂亮，不知梦中的王语嫣究竟漂亮成什么样子。我和孤独者就不断地怂恿他，见面吧，见面吧，都谈到这份上了还不见面？天才咕哝道，见了是恐龙，怎么办？孤独者说，恐龙好啊，要不是恐龙，见了你还不晕倒。天才一龇牙，骂道，白痴。

我说，你们恋爱，谈些什么？

天才说，我们，谈的，你，不懂的。

我说，能说吗？

天才说，我们谈的都是专业，程序啊、软件啊、电脑新产品啊。

我说，还有呢？

天才说，还有什么？没有了。

我说，一直就谈这些？

天才说，不谈这些，还谈什么？我说你不懂，就不懂嘛。你不懂我们谈这些有多激动，谈着谈着就拥抱啦，接吻啦，啦啦啦。

天才说着似乎已经激动起来，脸上显出了活力，他激动起来比他半死不活的样子可爱多了。不过，我确实不懂这些纯粹技术性的话题也会让人那么激动。我说，你们这是在上电脑课，哪能叫恋爱。

天才很是迷惑，问道，那什么叫恋爱？

我说，恋爱？还是叫恋爱吧。

天才到底是个俗人，经不起见面的诱惑，他决定见面了。我们本来就无聊得要命，孤独者立即帮着出主意，说，就在这屋里见吧，一起吃火锅，气氛多好啊。天才想了想，觉得很对，说，火锅呢？火锅？买啊。孤独者马上指派我去买火锅，他负责买菜，天才约他梦中的王语嫣。

其实，我和孤独者是好奇，我们也想见见梦中的王语嫣。

当然，一旦见了，无非也就如此，不大跌眼镜，就是万幸了。那晚，我们围着天才，自觉当他的吹鼓手，恰如其分地吹他如何如何天才。这次见面无疑是成功的，有天才为证，后来他送梦中的王语嫣回去，一直送了三个小时才回来。

这次见面后的第三天，天才就成功地引进了梦中的王语嫣，与她同居。对他的爱情速度，我很是佩服，同时也很高兴，觉得自己解放了，以后该由梦中的王语嫣来冲洗他的排泄物啦。当然，我这是从天才的角度叙述，若是从梦中的王语嫣的角度叙述，也许是她成功地征服了天才，让他的房间和身体与她共享。

天才和梦中的王语嫣同居后，似乎就在这套房子里失踪了，他的房间就像一个深沉的洞穴，天才、梦中的王语嫣以及他们的爱情，深藏在洞穴里边，在我们的生活中消失了，引得我和孤独者产生无尽的想象。我得承认，天才的同居生活对我的心理产生了某种微妙的影响，我和孤独者愈发地感到了烦躁不安。

现在，这套房子里似乎只剩下了我和孤独者，我们好像被生活遗弃了似的，对现有的生活无端感到了某种怨恨。孤独者慨然道，不行啊，这样不行，我们也得找两个恐龙同居。我说，我同意。孤独者灵机一动，大笑说，有办法啦，我们一人一居，不是太浪费了？我们暂时合住，让出一居来出租，还愁没有恐龙来同居？

妙，大妙。我连连称赞道。

孤独者立即上网贴了寻租帖子，接着电话就响了，应者云集。既然应者云集，我们也就乐此不疲，那几日，我们课也不上，就守在房间里等电话，等女性们前来看房，等幻想中的情人出现，用我们最温和的声音和最动人的表情迎接她们。而我们是找两位合住者，想独居的不行，想带男朋友更不行，所以选择范围其实不大，想找到合适的租房者也非易事。有两位女孩我们是看中了，她们也准备搬来了，可突然有一位打电话来说她父亲不同意，我万想不到她租房还得经她父亲批准。这么一折腾，也就意兴阑珊。随便找两个凑合算啦，只要看了不沤心即可，即使沤心多看几眼可能也就不沤心了，这样的条件总能实现的。中庸实在是一条通往幸福的大道，我总算理解了孔子他老人家的良苦用心，顺利进入了新同居时代。与我们同居的两位女孩，对不起，我还来不及给她们命名，就叫小A和小B吧，我也不知道她们究竟哪个更好，两个都好吧，A跟B是一样好的两个英文字母。

　　A和B搬来那天，天降大雪，把这个被风和沙所充满的北京城，落得个干干净净。这场大雪，就像内心的一场秘密，我们不约而同要求到对面的圆明园赏雪。若不是很快被房东赶走，圆明园或许就成了我们生命中重要的场所———一段情史的起点。我们在圆明园里大呼小叫，跑来跑去，大雪覆盖下的圆明园真白啊，我的内心真白啊。我根本没想起大雪下面的历史、耻辱、愤怒，对圆明园正确的态度应该是：毋忘国耻。可是惭愧得很，我不是为国家而来，我是为个人而来的，我在圆明园里扔了无数的雪球，无论扔在 A 或者 B 的身上，我都感到很快乐。

就在我进入新同居时代之际，天才的同居时代却莫名其妙结束了。梦中的王语嫣虽然与天才同居，但我基本上没看见过她，也许我是看见过的，但刚看过又忘了，要记住她显然是个难题。总之，我对他们的同居生活一无所知，若不是天才突然号啕大哭，宣布他失恋了，我是不会知道他们的秘密的。想想天才在生活方面是个十足的白痴，他失恋我一点儿也不奇怪，一个名字这般好听的女孩与他同居了将近半个月，已经很了不起了。但善后工作还得做，起码我得安慰安慰他。

我说，怎么就分手了？

天才说，不知道。

我说，你去找她吧。

天才说，谁知道她在哪儿。

我说，头一次见面，你不是送她回去？

天才说，我们都在路上。

我说，你总知道她上班的地方吧。

天才说，她上班？

我说，不上班？那就上学？

天才说，上学？

我说，那你总知道她叫什么名字吧。

天才说，你不是也知道。

我说，真名。

165

天才说，不知道。

我说，白痴。

天才说，白痴。

我说，她什么也没告诉你？

天才说，当然。

我说，你也没问？

天才说，当然。

我说，你为什么不问？

天才说，白痴，这能问吗？她也没问我呀。

我说，你们互相一点儿也不了解。

天才说，谁说的？我了解她的身体。

我说，原来你不是白痴。

天才说，真正的白痴是你。

后来我才知道，真正的白痴确实是我，网恋通常是隐藏身份的，这几乎是原则，谁问谁就是白痴。在网恋面前，我是太外行了。再说，像天才和梦中的王语嫣，身体都了解了，还了解其他干吗？了解其他，难道最终不是想了解身体吗？天才，确实是个天才。

再说我们的新同居时代吧。那天，老房东进来，见我房间住的不是我，而是两个女孩，就像半夜里见了两个女鬼，惊得差点儿昏死过去。我赶紧解释我是穷学生，想省点儿房钱，就让给两个女生住了。老房东喘着粗气说，怎么可以这样？怎么可以这样？我说，现在，这样很正常的，大爷，您别见怪。老房东说，你怎么不告诉我就招女生来住，啧啧，还是两个，出了事谁负责啊。我说，大爷，您放心，不会出任何事情的。老房东说，不出事？谁知道。你这样别怪我不客气，房子我不租了，你们统统搬走。我说，房子你已经租了。老房东说，房子是我的，我说不租就不租。我说，大爷，没错，房子是你的，可你已经租了，我们签了协议，你拥有所有权，我们拥有使用权，房子怎么使用，是我们的事啊。老房东见我这么有道理，气得就走了。

但是，此后每天夜里，老房东都来我们房间坐上两个小时，不停顿地唠叨：怎么可以这样，现在你们这些学生真不得了，出了事情怎么办啊……我想，老房东一定看过《大话西游》，唐僧被吊在绞架上，不停地朝刽子手啰唆，弄得刽子手们来不及绞死他，就纷纷刎颈自杀。老房东从唐僧那儿学的这招，威力无比，我们若不想自杀，便只有搬走。

临时找房子很不容易，我们只得作鸟兽散了。

同居多好啊

——没有爱情吗？一点儿都没有吗？

我的同居时代，因为没有足够的时间展开，就夭折了，不过没关系，它可以在另一些人另一些地方展开。比如秋风曾住过的那套房子。

秋风和我在一个班上课，初看很文静，静得有点冷，但一

167

经接触，我发觉她几乎是透明的。她学的是西方文学理论，但她一点儿也不像西方文论那么深奥难懂、故作深沉。她跟我说的第一句话是：我不想搞理论，我喜欢生活。这样的女孩去搞理论，确实有点屈才。她若不搞理论，该干什么？我不知道。不过有一点是肯定的，她是许多男性的幻想对象。她上大学二年级时，一位中文系男生向她示爱，一封情书竟长达二十四页。如果这样的情书连续写上三封，差不多可以成为作家了吧，中文系也别念了。她大概很能激起男性的想象，否则情书怎么能写到二十四页？似乎她就是《诗经》里那位让人茫然惆然的伊人，"蒹葭苍苍，白露为霜。所谓伊人，在水一方"。这样的伊人，若是和你同住一屋，你会怎样？

袅袅兮秋风，洞庭波兮木叶下。

那时，她在一家网站上班，住的是二居室，二女三男，都是网站的同事。此五人的基本情况是这样的：秋风我已写过，不过，还可以补充一点，此时她已考上北大研究生；燕子，因为名字带个燕字，就成了燕子，其实她跟燕子不相干，若非拿鸟类比不可，可能更像喜鹊，后面她将有更长的故事；酷哥，三男中最酷者，有点忧郁、焦虑，因为女友远在日本，而他最讨厌日本；帮主，《大话西游》男主角，一脸佛相，天地间一随缘之人也；牛魔王，侃爷，充当丑角，个体很小，实为牛魔王孙子。

秋风和燕子本来住平房，是燕子找的牛魔王，嚷嚷着要他们的二居室让出一间来。搬去跟三个男士同住，秋风心里是有

168

顾虑的，问男朋友，男朋友说，成何体统，男女同居。但秋风还是经不起楼房的诱惑，可以洗澡，可以烧菜，况且又是同事，男朋友也总是希望她过得好些，就搬过去了。事实表明，同居是多么好啊。秋风拿出两张他们同居时代的照片给我看，一张是全体合影，背景就是房间，四个坐前排，牛魔王弓在后面，裸着上半身，做着一张鬼脸；另一张是三人合照，秋风占据了中心位置，举了双手打着胜利的手势，就像兄弟姐妹一家人似的，甚至比一家人更欢愉。我赞不绝口道，好啊，好啊，这样多好啊。

好吧。秋风回忆道，下了班，我和燕子去买菜，我喜欢烧菜，更喜欢人家夸我菜烧得好，那是很舒服的。那三个男的都很好，都很绅士。我想，即使你本非绅士，当一个你认为可爱的女性以绅士来衡量你，你自然也就变成了绅士。而且她还烧菜给你吃。我看到照片上的帮主，坐在秋风边上，一脸平和雍容之气，确实很有绅士风度。假如我是他，我将怎样？

我说，帮主有女朋友吗？

秋风说，没有。

我说，帮主喜欢你。

秋风说，胡说。

我说，不信，你打电话问他，我跟你打赌。

秋风说，可是我有男朋友呀。

我说，这就对了嘛。

秋风说，燕子也说帮主喜欢我。

我说，这就对了嘛。

秋风说，帮主单独跟我在一起，有点紧张。

我说，这就对了嘛。

秋风说，你可别乱写。

那就写点儿真实的吧，我说你们住一起，都干些什么？

演《大话西游》，每天都演，上班一整天面对电脑，很压抑的，回来就拼命搞笑。《大话西游》我们每人都看过十遍一百遍的，每一个动作、每一句台词都倒背如流。

帮主：长夜漫漫，无心睡眠，我以为只有我睡不着觉，原来秋风姑娘你也睡不着呀。

秋风：是呀，不知道帮主为什么睡不着觉。

帮主：就是因为秋风姑娘你呀。

秋风：我？

帮主：不错，自从看到秋风姑娘以后，我决定从此以后改过自新，不再做贼，为了表示对姑娘你的诚意，我不要再看见从前的我，吁，好看吗？

秋风：你这臭猴子。

我约略想象得出那屋子充满了怎样的笑声。这《大话西游》为九十年代校园经典，据说是部爱情悲剧，爱情悲剧当然很好笑了，就像贝克特说的再没有比悲剧更可笑的了。可是我一直没看过，前些天，我的同屋小陈得知我没看过，惊得大睁了眼睛，以为我不是人，连《大话西游》都没看过，根本就不配做人。为了让我重新做人，小陈赶紧掏出《大话西游》，

170

塞进他的电脑光驱里，并且陪我看第一千零一遍，他从头咯咯咯地笑到尾，腰部都笑断了，里面的肠子也笑断了一百根。可是从头到尾我一点儿也没笑，只感到无聊，对他的笑感到好笑。我老实告诉秋风我一点儿没笑。你居然没笑？秋风宣告说，你老了。既然一代人都感到好笑，肯定就好笑，而我居然没笑，我想我是老了，我感到悲哀。

秋风他们的笑声穿过墙壁，然后门铃响了。邻居站在门上怒目而视，你们怎么这么闹啊！你们是些什么人啊？现在几点啦！明天我还要上班哪！再闹我打110啦。

其实秋风他们也上班的，而且上班时特困。不久网站的站长发觉他们同居一屋，以为不妥，勒令分开。他们阳奉阴违，照样同居，只不过上班时互不说话，装作很陌生的样子。

这里面没有爱情吗？真的一点儿都没有吗？

同居继续进行

——她不在乎他有女朋友，突然，她在道德上获得了胜利。

还是秋风。秋风讲的故事。秋风来北大读研究生后，燕子也换了一家网站上班，她们还是合住一屋，还是二居室，另一屋还是三个男性。不过，此三男非彼三男，都读研究生。有那么一段时间，秋风就住在我的楼上，燕子我也见过一次。我见到她的那天，她刚染了头发回来，红色的，很是兴奋，问秋风，好看吗？秋风点头说，好看。她揪着自己的头发看了又

171

看，脸上开始犹疑起来，似乎不太满意了，低声说，我觉得太红。秋风说，红就红点儿，也挺好看的。不，太红了。燕子甩了一下头发，又下楼重新染发去了。

秋风说，嗨，女为悦己者容。

我不懂她的意思，秋风又指着已经下楼的燕子，笑着说，她喜欢上同屋的一位男生，他刚说过红头发好看，她就去把头发染成了红色。

下面还是由秋风来说吧。

现在这三个男生，我们原来并不认识，而且一开始，我对他们印象就不好。我们是在租房时认识的，当时房里什么也没有，我们约好第二天九点一起去买家具，可这几个男生失约了，十点才到，迟了一个小时也不道歉，我就有点生气，没正眼看他们一下。回来，燕子说，她发现了这几个男生中间有个小帅哥，下面就叫他小帅哥吧，在车上，他不断地在偷看我。我说，哪里，他偷看的是你。

燕子是那种典型的北方女孩，热情、活泼、没心眼，有时也让人觉得头脑简单，那些男生后来都叫她"傻姑娘"，"傻姑娘"使人联想到《红楼梦》里的"傻大姐"，这样一想，她又有点不舒服。没事她就经常去男生房间玩，主要是找小帅哥玩。小帅哥长得确实是不错的，有种英国男士的味道，像好莱坞明星布拉德·皮特，眼睛很亮，明朗，挺秀气的，还常有羞怯感。对小帅哥，她不断地有所发现。比如英语很棒，托福考了个全国第二。他大概有点语言天赋。这一发现，燕子就有点

172

崇拜了，不过她的崇拜也不能认真，她也崇拜我，觉得我读研究生比她强，她是很容易崇拜人的。她又发现小帅哥在路上看见白颜色的车就特别紧张，很好玩。她是喜欢上小帅哥了，他们几个凡有什么特长，就故意往小帅哥身上说。他们三个男生中间，有个练过武功的，让我们猜。我一看就知道是谁。但她故意说是小帅哥，小帅哥也逗她玩，说，你猜对了，想不想试试。燕子就挺上去，小帅哥真的一把将她摔倒在地。这动作挺过分的，奇怪的是，燕子说就在被他摔倒在地的那瞬间，产生了一种很特别的感觉，那感觉就是爱，她喜欢被他摔倒在地。

但不幸的是，很快她又发现小帅哥是有女朋友的，在一家公司任部门经理，开着一辆白色的桑塔纳车。他很怕他的女朋友，甚至看见白色的车就害怕。他说，他和别的女孩一起在路上走，若是被他女朋友看见，会杀了他的。燕子遇上了困难，但是她不回头，她说，我不介意他有女朋友。她说这话时已不那么轻松，那应该是一种不得已的选择。我觉得爱上一个人，也不是什么错。那段时间，夜里我们一起密谋，帮她出谋划策。她还担心我，说我文静，男生喜欢我这种女孩，不许我见小帅哥，小帅哥见了我就不喜欢她了。我说好。就达成协议，我不见小帅哥。但小帅哥对她很冷淡，不怎么理她。有个周末，晚上十点多了，她觉得挺无聊，想出去跳舞，在楼梯上刚好碰见小帅哥回来，问她这么晚了还去哪儿。她说想去跳舞。小帅哥说，你一个人？她说，一个人。她不像平时拉他就走，希望他主动陪她去。可小帅哥一点儿没想陪她去，说，傻姑娘，就走了。弄得她很失望，在楼道里站了好长时间，舞也不跳了，回来都想哭。我说，既然人家对你这样，就算了吧。她趴在床上，突然起身说，不！她说"不"似乎在下一种决心。我说，何必呢，搞得自己不舒服。她又说，不，我要证明一点什么。她那种下决心的样子，让我感到好笑。她可能是这样想的：小帅哥喜欢她，就证明她有魅力，有价值，反之，她就没有魅力，也没有价值。我说，你能证明什么？证明你是一个第三者。

他的女朋友也经常来我们这儿，一待就是一天。开始我们好奇，不知这位让小帅哥怕成那样的女孩到底什么模样。燕子不敢去看，派我去，也是挺舒服的一个女孩，长得比燕子好看，一点儿看不出她一不高兴就会杀了小帅哥。她对小帅哥很温柔，看上去年龄也比他大，后来我知道她已经二十七岁，小帅哥在她面前，就像一个小弟弟。回来，燕子赶紧问我她长得怎样，我说挺好的。燕子问她们两个比谁漂亮，我说，你们不是一个类型的，各有千秋吧。燕子见我赞扬她，就很不高兴。见了小帅哥的女朋友后，我觉得燕子没什么戏。开始我鼓励她追只不过觉得好玩，真进入也挺烦人的。

燕子的转机是在小帅哥生病的时候。他住院，燕子买了很多东西去慰问他。这事对燕子很重要，据她说，以前都是男孩买东西送她，她买东西送男孩，这是第一次，她觉得自己特别了不起，又觉得特别惨，总之，心里有许多种感觉。人大概在病中特别容易被感动，小帅哥出院后，就对燕子好了，有事也

174

找她帮忙。有天晚上，要打一份稿子，叫燕子帮他。小帅哥有没有那个意思我不知道，反正燕子是抓住机会了，路上，勇敢地拉了他的手走，带他到自己的办公室。小帅哥就站在背后，一边看一边抚弄她的头发。这大概是燕子最激动人心的一次打字了，本来很快打完的，结果打了很长时间，回来还很激动，向我描述整个过程，手抚弄着自己的头发，似乎在玩味小帅哥留下的余味。

然后他们恋爱了。像所有的恋爱一样恋爱。小帅哥看见我还挺害羞的，甚至燕子也害羞，不把全部内容告诉我了。我问她，你们现在什么关系？她说，没什么关系。然后想想又说，应该是哥哥妹妹的关系。我说，胡扯，哥哥妹妹的关系最暧昧了。她笑笑，随即提出要求，要我以后晚些回来。我就待在图书馆，每天很晚才回来。有天，我回来见她趴在被子上，不说话。我说，今天怎么了？她没有马上理我，过一会儿，翻了个身，想说什么又不说了，我又问，怎么了？她才慢慢地说，今晚我们躺在床上。我说，躺床上？哪儿的床上？她说，就这儿。我就看看她的床，她笑了，说，别看了，没什么。我说，谁知道？她说，真没什么，我抱着他，他很紧张。我说，那你什么感觉？她说，也没什么特别的感觉，抱着他，反而对他没感觉了。我仔细看她，好像确实没有特别的感觉。我说，现在你证明了什么？她摇摇头，没有回答。

恋爱对燕子还是有好处的，给她一种动力。本来这恋爱是闹着玩的，后来当真了，而且想到了遥远的未来。小帅哥以后是要去英国的，这样，燕子也准备去英国，她英语不太好，平时就小帅哥教她，还到新东方读新概念英语。

如果小帅哥没有女朋友，这恋爱也挺好的，可是他女朋友知道了，他女朋友对我们这种居住方式本来就不放心，每次看到我们，眼神总是怪怪的。有次，她在小帅哥房里，燕子突然打电话回来，小帅哥接电话的声音很温柔，她马上觉着有问题，就盘问，吃醋，想离开又不忍，结果很奇怪地在门口蹲了半天。我觉得她确实爱小帅哥，否则也不会在门口蹲上半天，那样子怎么看都像个弃妇。根本不像小帅哥描述的那样，她掌握着主动权，他很怕她。也可能是燕子的介入，使她丧失了主动权，总之，我不清楚他们是怎么回事。

这样，小帅哥就同时跟两个女孩好，他女朋友来的时候，他不理燕子，好像根本不认识她，他女朋友走了，又对燕子特别好，百般温柔。这时，我开始讨厌小帅哥，觉得他伪善。一天早上，在小东门我看见他和燕子手挽手地走过，很幸福的样子。当天下午，我又在小东门看见他和女朋友手挽手地走过，同样很幸福的样子。同一地点，同一姿势，我觉得特别滑稽。

其实，燕子也不可能像她说的那样不介意他有女朋友。两个女人共同分享一个男人，就连波伏娃也受不了，就像她写的《女宾》。有个周末，燕子想全部占有小帅哥，跟他约好今天谁也不理，就陪她，但刚说完，他女朋友打电话来，说过来找他，小帅哥又说好。燕子就特别愤怒，说，你不是说好陪我吗，怎么又让她来？小帅哥说，我没办法。燕子说，你不会说你有事，你要上课。小帅哥说，我不能撒谎。我看不过去，也训斥他，你不能这样脚踩两只船。小帅哥做委屈状，说，我有什么办法，我真的没办法，我不能拒绝她。好像他有难言之隐，在什么方面受制于她。

从此，燕子对他女朋友充满了敌意，常在我面前说，沤心，他们的关系沤心死了。很鄙夷的表情。我有点奇怪，她自己当了个第三者，还骂人家沤心死了。我说，他们不是挺正常吗？燕子哼哼，只是冷笑。我说，那到底怎么回事？燕子说，不能说，他不让我告诉任何人。我突然明白了，说，他女朋友结过婚，他们是婚外恋。燕子说，你怎么知道！你怎么知道！我说，我猜的，那女的比他大，好像结过婚的。这样，燕子在道德上意外地获得了胜利。

然后放假了，他们各自回家，假期里天天打电话，说很多甜言蜜语。燕子把这事告诉她妈，她妈很高兴，觉得女儿找了个读研究生的男朋友，很风光，她妈又把这事告诉全村人，全村人也很高兴，觉得燕子找了个读研究生的男朋友，很风光。她妈告诉燕子，她们家有个亲戚在英国，她可以去英国。燕子在家里就天天做着双双去英国的梦。但她没把她有能力去英国的事告诉小帅哥，觉得这样爱情就不纯洁了。

可是一回来，全不是那么回事。燕子一回来，看见床上有个包，是小帅哥的，知道他也回来了，燕子就班也不上，在房间等他，可一连三天，小帅哥都没回来。燕子从相思、柔情、渴望到焦灼、妒忌、绝望，这三天比生活在地狱里还可怕，不吃不睡，没日没夜地哭泣。我回来看她这样子，也没办法。她知道他和女朋友在一起，可是没办法把他从女朋友身边弄回来。

小帅哥回来，看见燕子这么一副惨相，也不做任何解释，甚至连一点儿同情也没有，好像这事跟他无关似的。

咳，就这样，一个无言的结局。

我说，小帅哥可能是个唯美主义者，他看见燕子这么一副惨相，当然无话可说了，可能还厌恶。

秋风说，是吗？

我说，说着玩的，真的就这么完了？

秋风说，差不多，小帅哥的女朋友这个月底要去澳大利亚，不回来了，我想，小帅哥等女朋友走后可能又会对燕子好，我问燕子，燕子说，等他女朋友走了，她再也不理他了。

我说，报复？

秋风点点头，苦笑说，现在住在一起，挺尴尬的。

同居算什么

——当她喜欢一个人，和他一起睡觉是很自然的事。

林凡在江南长大，眉眼间弥漫着一种江南水乡的烟水气。但在那所靓女如云的艺术院校里，并不特别引人注目，而且她也无所谓是否引人注目。她就像黄昏一样沉静，爱好文学。

她现在读大四，在六个人的集体宿舍里住了三年，这学期开始，她想找个安静的地方做毕业论文，就搬到了这套复式结构的公寓里。现在想起来，这公寓就像一个奇异的舞台，楼下住两位男生，楼上住着她和另一位女生，本来只住四人的公寓，很快她就发现事实上人数经常要增加一倍。

那天，就在她的房间里，她跟我讲对面女孩的故事。

我搬来的时候，对面的女孩刚刚失恋。我最先听到的是她的声音，躲在房间里哭泣的声音，你知道一个十九岁的女孩哭泣的声音是很动人的，比音乐还动人，我被她的声音吸引，就坐在床上，开了房门，静听她的哭泣。

等她开门出来，我发现她很美，异常的美，就像一道阳光骤然而至，让我觉得炫目。以后这女孩我们就叫她阳光吧。阳光看着我，哽咽着招呼说，刚搬来？我说，嗯，你怎么了？她说，我失恋了。说着眼泪又流下来，眼圈是红的，特别纯情。我微微有些吃惊，觉得她与众不同，蛮率真的，那时我们还不认识，若是我，是不会告诉一个陌生人我失恋的。

开始的两天，我主要的事情就是安慰她，也许她哭泣的声音打动了我，一开始我就蛮喜欢她的，现在我也还是蛮喜欢的，我比她大，是大姐姐，她有人安慰，哭得就更伤心了。我看着她哭，常常想，这么漂亮的女孩怎么会失恋？那个抛弃她的男生真是愚蠢，若是我是男的，遇上这样的女孩，我想肯定会爱她一辈子的。

又过了两天，她拿了一张照片给我看，说是楼下的一个男生介绍的，问我见不见。那个男的也是本校的，已经毕业，看照片还不错。我说，你这么痛苦，去见吧。他们就在楼下饭馆里见面、吃饭，没想到他们当晚就同居。第二天早上，我穿过她的房间，到外面阳台上练声，看见她床上躺着个男的，还裸着身子，阳光却不见了，我吓得就赶紧往楼下男生房间跑，楼下男生见我大惊小怪的，赶紧解释说他昨晚酒喝多了，没法回家。当时我还特相信，后来发现，他天天住这儿，不走了。

我很难相信，看上去这样纯洁的一个女孩，一见面就跟人同居。她却一点儿也不觉着这有什么不妥，而且夜里叫得特响，几乎整栋楼的人都可以听见。说到这儿，林凡突然停住，问我，你看过毛姆的小说《寻欢作乐》吗？

我说，看过，没印象了。

林凡随即从抽屉里抽出一本书来，就是毛姆的《寻欢作乐》。她放下阳光的故事不讲，边翻书边说，幸好有毛姆，否则我真没法理解这样的人物，我觉得她性格就像毛姆写的露西，因为她，我把这书又看了好几遍。说着，林凡指着书中她画了横杠的一段让我看，是这样写的：

　　她脸上的表情没有一丝一毫显示她心中藏有罪恶的秘密，她用她那温柔的蓝眼睛看着我，眼神中流露出一种小孩子调皮捣蛋的神情。她常常微微张着嘴，似乎正要朝你微笑，她的双唇丰满红润。你从她的脸上可以看到诚实、天真和坦率。这一切虽然当时的我还不知如何表达，但我的感受却是很深的。如果那时

我要用言语来表达的话，我肯定会说：她看上去是再
老实也没有了。

毛姆不是我佩服的作家，他写的露西是个什么样的人，我不记得了。我念了一遍"她看上去是再老实也没有了"。我说，我懂了，继续说阳光吧。

她身上穿的都是名牌，看上去不像一个学生，一个月大概要花三千、五千的。她家里很有钱，父亲是某地的公安局长，这跟露西就不一样了，她在这儿也依然保持着养尊处优的习性。她房间收拾得很干净，当然这是应该的，很难想象这样一个女孩可以待在乱糟糟的环境里，她睡的是双人床，大概从小她就没一个人睡过。她每天买很多零食，就像有些小孩专吃零食不吃饭的。她也和我分享，不过，我很少去她房间，我很讨厌那个男的。

那男的就是北京的，典型的京油子，整天吹嘘自己如何如何能干，谁谁谁的，好像整个北京都是他家的。听说原来有个女朋友，跟一个德国人跑了，这种人确实也没什么地方让人看上眼的，有些人吹牛显得很可爱，而他其实一点儿不懂吹牛的奥秘，吹起牛来俗不可耐，一脸蠢相。我在背后叫他"北京猿人"。可气的是他在这儿一点儿不检点，总是赤着身子走来走去，楼上卫生间说好我们女的专用，他也不管，好像这房子是他租的，他是主人，而我却是个来串门的，每次我上卫生间，一想起被他用过，就觉得脏。

但是阳光很喜欢。楼下的男生说，只要是个男的，她就喜欢。她是个没有男人就不能活的女孩。有意思的是要是哪个男的在她面前讲黄颜色的话，她又马上羞得面红耳赤，她似乎一点儿也不知道她每天夜里发出来的那些声音，整个就是黄段子。自从有了"北京猿人"后，她就把前一次忘得干干净净了，从此再也没有提起过那个让她那么伤心的男生。每一次都是初恋，都那么专注，在精神上她可能永远是个处女。那天猿人过生日，她逛了一天的商店，花三百多块钱替他买了一个皮夹子，猿人一看嫌太小，推一边去不想要。她确实很天真，觉得自己买的皮夹子很漂亮，猿人不想要，又拿给我欣赏，说，好看吗？我说，好看。她说，他真傻，我送他这么漂亮的生日礼物，他居然不想要，我花了一天时间挑的呀，腿都快要跑断了。我说，他不要？她说，不是不要，是嫌太小。我看着她那么天真的表情，心里不知是种什么感觉，我说，你觉得他好吗？她说，挺好的。我说，你觉得他对你好吗？她说，挺好的。我说，你不计较他不在乎你送他的生日礼物？她摇摇头，说，不计较。然后她迷惑地看着我，觉得我问得好奇怪。后来我想，毛姆说得对，不出百年我们全都死了，到那时还有什么可计较的，还是趁现在活着痛快享受才是。

猿人其实根本不在乎她，竟然把前女友的照片拿给她看，还比较来比较去到底谁漂亮。她又把照片拿给我看，问我到底谁漂亮。我说，当然你漂亮。她似乎挺满意，立即拉我下楼去买零食，表示祝贺。

过两天，她又把猿人前女友的照片给撕了，扔在废纸篓里端给我看，好像很赞赏自己的举动，笑眯眯地说，你看，我把她撕了。我看着废纸篓里被她撕烂的猿人前女友照片，就像她杀了一个人似的，感到心惊肉跳。我说，你不是不在乎吗？她说，我开始是不在乎的，但看着看着就烦起来，就把她撕了，我讨厌她。我说，他不该拿照片给你看。她说，是啊。

猿人这就有了借口，把她甩了，名正言顺吵了一架，搬走了。

我说，阳光也像前次一样哭吗？

林凡说，哭，像前次一样伤心地哭。

我说，然后呢？

林凡说，然后得从楼下说起。

楼下有个男生，很帅，一米八几的个头，男模气派，如果哪儿建人类博物馆，他可以拿去展览的，典型的人体标本。我们就叫他男模吧，他是专升本的，年龄比我们大，比我们成熟。他不吃猪肉，也不许我们在锅里烧猪肉，我们只好另买一口锅。除了这点，他跟我们相处得还好。他属于看上去很正经的那类人，从来不开黄色玩笑，不像另一个男生满嘴黄段子，整天污言秽语，久了才发现他有很多女朋友，至少五个。他很理性，安排得很好，那么多女朋友有条不紊地错开，从来没有发生内讧、互相碰撞的事，就像众多卫星围绕着行星，各有各的轨道。我觉得他非常能干，他通常不留宿，跟《不能承受的生命之轻》里的那个托马斯一样。但是，他比托马斯还有魅力，托马斯自己统计，一辈子总共跟二百多位女性发生过关系，我看男模照这个势头，恐怕要远远超过这个数字。他在吸引女孩方面很有招，哪个女孩只要被他看几眼，就完了，他的眼神里有磁性，女孩就像铁屑一样被他吸附过去。他跟女孩玩，都是女的掏钱，女的送东西给他。我班里有个女孩，还是班花呢，她的脸蛋在全国已经小有名气。她就是男模众多女朋友中的一个，对他特别好，每次来都带着水果，带着玫瑰。她一点儿也不知道她只是他众多女朋友中的一个，她以为她是他的唯一。有一次，男模突然把她送的玫瑰转送给我，我感觉不对，开玩笑说，我告诉她，你把她送的玫瑰转送给了别人。他说，你说吧，是送给你，又不是别人，这玫瑰就应该放你们女孩房间里，我一个大男人不合适。原来啊，是他老家的女朋友要来，怕引起怀疑，就把玫瑰转送给我，让我帮他销赃，又顺手做了一个人情。他老家的女朋友来了，他带她玩了一个星期，对她很好，他老家的女朋友刚走，嘿，我的同学又来了。衔接得那么完美，真是了不起。

我说，是，是啊。

林凡说，你去采访他，跟他学几招。

我说，是，他在吗？

林凡说，不在，搬走了。

我说，可惜。

林凡说，你一定要找，我能帮你找到他。

我说，不必了，他这种人不会接受采访的，即使接受采访

184

也不会说什么的。还是你说吧，我觉得男模和阳光住在一套房子里，很有意思，他们之间应该有故事。

是，是有故事。不过他们之间的事我不太了解。男人和女人是不是有个规律，叫"兔子不吃窝边草"。虽然住在一套房子里，也看不出他们有什么故事。他们在一起的时候，都蛮严肃的，一个是绅士，一个是淑女，话题不是专业，就是历史。不过不是你理解的那种历史，而是明星们的历史。阳光对明星可谓了如指掌，国内的，西方的，无所不知，绅士也一样，如数家珍，从他们的现状追溯到他们的过去：某某八岁时的睡姿，某某十岁时喜欢哪种牌子的冰激凌，某某十二岁就发育成熟开始爱上某某啦。他们见我喜欢文学，天天埋在小说家的虚构故事里，都特同情我。所以我跟他们距离蛮远的，不太了解。

但是他们确实有故事，我不了解的部分你自己想象吧，我只能再告诉你一小段，不过相当精彩。林凡吊了一下我的胃口，接着说，阳光有次突然找我讨论男模，我说，你喜欢他？她说，谁能抵挡住他的诱惑，看见他我就有点晕晕乎乎的。我说，是吗？接着她很气愤地说，他问我是不是处女！我说，他问这个干吗？不是处女他就不要？她说，不是，是处女他就不要。我说，原来如此。忽然她又很开心地说，你猜我怎么回答？我说，你真无耻，告诉你吧，我在灵魂上是个处女。

我说，她回答得很好。

林凡说，是的。

185

我说，就凭她这句话，我相信她在灵魂上确实是个处女。

林凡说，那男模也够无耻的，我觉得这问题是侮辱性的。

我说，男模大概并不是要侮辱她，我觉得这问题发生在他们关系史上的一个关键之处，他们在订条约，比如不负责任、互不干扰，等等。他们住在一套房子里，谁也瞒不了谁。不订个条约，认真起来怎么办？

林凡说，订条约？好像是这样。阳光有没有接受条约，我就不知道了。

我说，先说后面的吧，阳光还有没有故事？

北京猿人走后，有一个男生经常来她这儿，留着长发，样子蛮斯文，像个搞艺术的，可能还有点神经质，就叫他艺术家吧。艺术家是个追求者，在阳光面前很自卑，也许是阳光的美使他感到自卑，因为他是艺术家嘛，美总是神圣的。我觉得他真爱阳光，在灵魂上爱她。可阳光在灵魂上还是个处女，不懂灵魂之爱，她是要用身体来爱的，她需要身体的愉悦。而艺术家碰都不敢碰她，阳光老在我面前嘲笑他傻，碰都不敢碰她。我想对他来说，阳光是天使，是女神，当然是不敢碰的。一个女人被人当作天使，大概也很累，阳光常常逃走，丢下艺术家一个人在房间里，而艺术家也不走，干等着，有时我上阳台晾衣服，看见他坐那儿一动不动，很痛苦的样子。我说，她还没回来？他也不回答，显然他不愿让我看见他的痛苦。阳光回来，他也不知道怎样讨好她，听说他在班里不是这样的，但一到阳光面前，就这样了。他还是那么坐着，目光直直地盯着她

186

看，那种目光应该叫凝视吧。等他走了，阳光就过来做鬼脸给我看，阳光确实挺可爱的。

如果艺术家不那么神圣，我想他也许会成功的，就算阳光不太喜欢他，但肯定也不讨厌他。不知怎么搞的，就弄得这么糟。有天我上楼，看见他从楼上下来，眼里全是眼泪，很木地从我身边经过，好像根本就没看见我。阳光的房门开着，她好像也哭了。我说，你怎么了？她突然脸红起来，说，没什么。

从此，艺术家再没有来过。

我说，他们之间发生了什么大事？

林凡说，不知道。这种事她不说，我是从来不问的。

我说，没了？

林凡说，没了。

我说，我能见到她吗？

林凡说，她搬走了。

我说，怎么两个都搬走了？

林凡说，应该搬走，他们那种生活方式更适合独居。

我说，你讲的这些事可靠吗？你讲的时候是不是受着毛姆的影响？

林凡说，不是的，是阳光使我联想到露西。

我说，你对她好像很矛盾，有时候欣赏，有时候嘲讽。

林凡说，是啊，他们那种生活对我影响挺大的，在灵魂上我觉得我从一个处女变成了女人。其实也没什么可嘲讽的，我再翻一段《寻欢作乐》给你看，毛姆是怎样写露西的。

林凡翻给我看的那段，是对话体。

"……她在男女关系上简直乱透了。"

"你不懂。"我说，"她是个很单纯的女人。她的意图是健康的、坦率的，她愿意让别人都高兴。她爱爱情。"

"你把这称作爱情？"

"好吧，或者叫作爱情的行为。她对人天生地产生好感。当她喜欢一个人的时候，她觉得和他一起睡觉是很自然的事，这并非道德败坏，也不是生性淫荡，这是她的一种天性。她把自己的身体交给别人，就像太阳发出光芒、鲜花吐出芬芳一样的自然。她感到这是一种愉快，她愿意给他人带来欢乐。这丝毫无损她的性格，她还是真诚、无瑕、天真的。"

毛姆写得还是挺有意思的。因为林凡总是把阳光和露西联系在一起，回来我去图书馆借了《寻欢作乐》，重看了一遍。露西原来是个下等酒吧的女侍，和一个尚未成名的叫德里费尔德的文人玩，因为怀孕，他们结婚了。露西虽为人妻，但本性不改，几乎和德里费尔德所有的朋友都有暧昧关系。他们的女儿六岁那年死了，露西和丈夫从医院回家，内心非常痛苦，她扔下同样痛苦的丈夫，上街随便找了个情人，喝酒、做爱，在放纵中忘却，痛痛快快地大笑。最后，露西放弃已经功成名就的德里费尔德，跟一个破产的煤炭商私奔了。这个人物据说是毛姆笔下最为丰满的女性形象。

其实，阳光和露西还是很不一样的。

同居怎么啦

——都是同居惹的祸，距离太近了，以至于产生幻觉。

李杰在中关村某幢楼里租了一套二居室，月租两千元，他自己占了朝南的大间，剩下一间朝北的准备租给某位异性。其实他也没有很多想法，只是觉得这种居住方式有一种想象空间，无论如何比跟一位同性合住要有意思些。他到北大三角地贴了寻租广告，不好意思注明只限女性，这就多了许多男性电话，凡听到男的声音，李杰一概说，对不起，已经租出去了。李杰物色到的第一个女性看了房子后说，就两个人住吗？李杰说，是的。这，这，这……女孩就犹疑起来。李杰遭人怀疑，很是不快，说，你不放心，那好吧，别租了。女孩说，我也没说不租。但是李杰不理她了，他觉得他的品德是不可怀疑的，也是不用怀疑的。

李杰见了江嫄（那时还不知道她叫江嫄），开口就问，房子只住两个人，你不放心吗？江嫄看了看他，微笑说，我放心，我看你不像坏人，就是坏人我也不怕。李杰觉得她的微笑里有种高傲，像个北大的女生，就同意了。

李杰暂时还不是北大的学生。他是来补习英语准备考研

189

的，之前他在一家外资公司做白领，但厌倦了白领的生活，想起从前的大学时光，睡懒觉，想女人，多么美好啊，于是辞掉工作考研来了。随后他了解到江嫄也是来考研的，原来在南方的一家电视台当编导。李杰想，在电视台当编导也那么没劲吗？看来读书就是好，来北大这么牛气哄哄的地方读书尤其好。后来他才隐隐约约察觉到江嫄是个经历复杂的女性，她来考研可能也是想躲避诸如生活、情感之类的东西。

江嫄告诉他，她本来租在一户人家家里。她有每天洗澡的习惯，房东嫌她浪费，把卫生间锁了，弄得连上厕所也得跑到外头去。她要求退房，房东又不退钱，最后她打110报警，才把钱退回来。李杰听了哈哈一笑，说，住我那儿，不存在这个问题。江嫄告诉李杰，她除了做电视片，还擅长服装设计，还出过一本诗集。江嫄明显在炫耀，但当时李杰对她的炫耀一点儿也不讨厌，讨好说，啊，还是诗人，一定好好拜读你的诗。接着李杰又讨好说，你什么时候搬，要不要帮忙？江嫄说，当然要。似乎李杰帮她搬东西是理所当然的。

其实江嫄也没什么东西，就两只箱子，她要人帮忙，只不过是一种心理需要。为了表示感谢，江嫄请他吃晚饭，还喝了一瓶王朝红葡萄酒。平时李杰是极少喝酒的，但一位女士请他喝酒，不喝总觉得有点遗憾，况且两人从此就同居一屋了。席间，李杰才仔细打量了江嫄，说不上漂亮吧，但也不丑。李杰觉得这样恰到好处，如果很漂亮，那难免……就……

李杰多少有点兴奋，这个夜晚应该是一个美好的夜晚，和一位陌生的女士同居一屋，毕竟是全新的体验，李杰觉得房间变大了。（此感觉来源于诗人韩作荣的名句。韩诗云，两个人可以让床变大。）这个夜晚，李杰的想象达到了高潮。

李杰虽然学理科，但读过不少诗。诗是他的一种消遣。这个夜晚余下的时间，李杰靠在床上，手里捧着一本江嫄送的诗集，不知道是不是喝了酒的缘故，他怎么也没读出"好"来。他觉得她的诗矫揉造作。此后的几天，李杰觉得江嫄在等着他发表关于她的诗歌的看法，但他觉得没什么可说的。最后还是江嫄自己问了，我的诗，你看了吗？李杰说，看了。怎么样？李杰说，其实，我不懂诗歌。江嫄不知道他对诗歌还是有点鉴别能力的，以为他确实不懂，也就懒得谈了，只是骄傲地宣布诗歌是她的精神栖息地。李杰想，她的精神，不知道她有什么精神栖息在那本他看过的诗集里。

李杰很快发现，跟一个女人同居，尤其是跟一个自以为是诗人的女人同居，实际上是很痛苦的。江嫄几乎把他当作一个苦力使用，动不动就动用她的性别优势，说，这样的事，你总不能让我一个女的去干吧。甚至连扫地这样的事，也不能让她一个女的来干。而她个人的事，让李杰来干，却是再自然不过的。比如，她在书店里买了一大堆的书，搬不回来，打电话叫李杰帮她搬回来。比如，她嫌房里的床硬，想买一张席梦思换上，说，这事就交给你办了，我还有点事。说完罢了。李杰想，我若自己想买一张席梦思，还得请别人办呢。一张席梦思，我怎么搬得回来，长这么大我还从来没搬过这么大的东西，就算搬回来可以两人同床，我也不干。江嫄回来，见房里没有新买的席梦思，不高兴说，你没帮我买？李杰说，我搬不动。江嫄说，你不会找搬运工搬？李杰说，我不知道怎么找搬运工。江嫄就拉下脸来了。李杰发觉她拉下脸来的样子，相当难看，很让人烦。

李杰想，她是不是把我当作丈夫了？若是这样，我可不干，就是当情人，我也不干。一段时间下来，他发觉他对江嫄并没有什么感觉，当然，这样说也不是完全准确，当他躺在自己的床上，隔着两道门的时候，偶尔也产生一点欲望，而一见面，就没有欲望了，就是说，他的欲望是远距离的、暂时性的，简单地说，就是没欲望的。再说江嫄对他也不见得有什么感觉，她驱使他干这干那，只不过是她认为这是应该的。男女相处就应该是这样的。

后来李杰说，找一个女的同居一屋，其实也没什么意思。那距离太近了，不习惯。如果你和那个女的发展成为情人，可能有点意思，而一男一女，同居一屋，又没什么感觉，实在是没意思。而那女的又拿你当苦力，驱使你干这干那的，那就是活受罪了。李杰为什么愿意活受罪，而不赶走江嫄，这中间实在是有点含糊，说不清楚的。一个男人，如不选择一个女的同居一屋，而宁可选择一个男的，是不是有点不像男人，有点不正常，有点不可想象？

李杰是个懒散的人，大半时间待在床上，他喜欢睡懒觉，然后随便找本什么书靠床上看，对考研的事并不怎么放在心上。而江嬔通常在外面活动，房子对她来说，只是一个睡觉的地方。这样，江嬔的电话基本上就由李杰来接，而且所有的电话基本上都是找江嬔的，若是女的，李杰还乐意，若是男的，李杰就不那么客气，说，不在，你打她手机吧。她手机号码？不知道。李杰也觉得自己有点奇怪，这样不好，但是，下次接到男人找她的电话，他还是那样。李杰后来问我，你说我是不是有点毛病？

　　李杰和江嬔最大的故事，发生在一个晚上。那晚上，是比较晚了，假设它十一点吧。江嬔打电话回来说，路上黑，她很害怕。李杰只好穿了衣服去接她。外面风好大，你知道北京的风好大，风里全是沙，嘴一张就满嘴含沙，成一个沙坑了。李杰觉得这差事也有点烦。当他看见江嬔立在路口，孤零零的，他心动了一下，这时她确实像个诗人，似乎若不早些赶来接她回去，她马上就要被风刮走了。路上，他们靠得很近，但也仅此而已。这并不说明什么，是风把他们吹在了一起。江嬔仿佛很是伤感，也不知道她在伤感什么。反正在这样的夜里，人就应该是伤感的。李杰缩了脑袋，莫名地也伤感起来。虽然他们靠得很近，听得见外衣擦着外衣的声响，但李杰没有伸手挽她。本来，既然靠得这么近了，好像是应该伸手挽她一挽的，比如她的臂或者腰部，她的臂和腰部都是不错的。在某些个瞬间，李杰可能想过挽她一挽的，如果伸手挽她了，不知道结果怎样，但事实上李杰没有伸手挽她，他的手插在外衣口袋里。

　　回来，李杰很快又钻进被窝。不一会儿他听见了卫生间里淋水的声音，江嫄在洗澡。李杰觉着淋水的声音有点烦，似乎江嫄的洗澡水通过耳道流进了脑子，把他淹没了。以至于后来他不得不跟她签订条约，禁止夜里十二点钟以后洗澡，当然，这是后话。这个晚上，后来是这样的：江嫄洗完澡，化了晚妆，穿着睡衣来敲李杰的房门，李杰说，还不睡？江嫄说，我想聊会儿天。李杰开了房门，赶紧坐回床上，见江嫄穿着睡衣进来，隐隐觉着有点不妥，也许是有点不安。江嫄自己搬了一张椅子，在他面前坐下，她的脸上已是焕然一新，并且有一种化妆品的味道溢出来。李杰想起她刚才在风里伤感的样子，原来伤感是可以用水洗掉的，可见伤感无非也就是灰尘一类的东西。这个晚上，开始聊些什么李杰全忘了，肯定是闲话吧。后来江嫄忽然问他：

你结过婚吗？

李杰说，没有。

江嫄说，女朋友总有吧。

李杰说，没有。

江嫄说，一直没有？

李杰说，不是，曾经有过，后来没有了。

李杰一点儿也不喜欢她这样问，觉着这是在侦探他的隐私，起码也是侦探他的内心，他的内心有什么好侦探的，事实上他根本就没有内心。就在这个时候，他看见江嫄的左手在自己胸部左边突出的部位摁了一下，然后她的右手重复左手也摁了一下。当时，李杰觉着她这个连贯的动作是专门做给他看的，是某种暗示。他的第一个反应是感到这动作不雅，然后他

194

在内心搜索起来，使用的工具大概是"雅虎""搜狐"什么的，看是否能搜索到一点令人激动的内容，但搜索结果令人失望，内心屏幕显示：一无所有。如果李杰确实是台电脑，当时他也可能处于死机状态。那么，对于江嫄的暗示，他只能视而不见了。后来，李杰想，江嫄也许不是暗示，当时她那个部位也许被乳罩箍得发痒，她需要搔那么两下以除痒，那动作除了不雅，没有任何意义。我想，也许江嫄根本没在他面前做过这个动作。如果我问江嫄，我敢肯定她会一口否认，并且骂我流氓。这可能纯粹是李杰的幻想，他在决意找个女性同居时，就产生过这种幻想。当然，一旦幻想变成现实，他完全可能没有任何感觉。

照李杰所述，既然他不想让这一米宽的单人床变大，江嫄肯定就回房睡觉了。此后尽管还同居一屋，但李杰就很少看到江嫄了，偶尔看到，她也是把头高高昂起，一幅凛然的姿态，李杰能听到的只是她开门关门的声音、走路的声音、洗澡的声音以及冲洗抽水马桶的声音，噪声成了他们唯一的联系。李杰就凭着这些噪声判断她的存在，这种状态不断地使他想起那个夜晚，那个夜晚是致命的，假如那个夜晚他不死机，情况又如何？随即李杰又想，这样的假设是没有任何意义的。终于有一个晚上，这些噪声始终没有响起，这晚，江嫄没有回来。江嫄似乎跟他是有关系的，他似乎一直在等待，这夜，李杰没睡好。然后是另一个晚上，噪声连续不断地响起，第二天起来上卫生间，李杰看见一个陌生的男人坐在他的抽水马桶上，他们互相看见的时候，都吃了一惊。李杰退回房间，心里大怒，觉

195

得他的领地受到了外敌侵犯，等陌生男人一走，李杰就训斥江嫄。

李杰说，你怎么可以把男人带回房间？

江嫄说，不可以吗？

李杰说，不可以，这不是你一个人的房间，是我们两个人的房间。

江嫄说，是我租的，你没有权利干涉。

李杰说，是我租给你的，我有权利干涉。

江嫄突然笑了，说，你是吃醋吧。

李杰说，那好吧，就算我吃醋，你不可以把男人带回房间。

江嫄说，我看没什么不可以的。

李杰突然很粗野地骂了，见你妈的鬼。

李杰听到自己那么粗野的骂声，很是吃惊，然后羞愧，很快地逃回房间。可是他听见江嫄被他骂哭了。他就像一个做错了事的孩子，躲在房间里懊悔，他不知道他为什么发火，为什么失态，确实，江嫄带男人回房跟他又有什么关系？

大约半小时后，江嫄来敲门，说，既然你不同意，那我搬走吧。

李杰说，对不起，你别搬走，都是我的错。李杰伸出手去，想跟她握手，但江嫄谢绝了。李杰又说，我是诚意的，我向你道歉，中午我请你。

租房子毕竟是很麻烦的，江嫄就原谅他了。中午，他们像初次见面一样，又喝了一瓶王朝红葡萄酒。喝了酒的李杰又奇

196

怪，他为什么发火，为什么道歉，为什么不是把江嫄赶走。

后来，李杰似乎明白了，都是同居惹的祸。这种居住方式距离太近了，以至于双方都产生幻觉。事实上，两个人不是让房间变大，而是让房间变小了。李杰很聪明地又去北大三角地贴了一张寻合租广告，给自己找一位同屋，这样既降低了一倍房租，又在他和江嫄之间设置了一道屏障，一箭双雕，实在是聪明得很。

李杰找到的同屋就是我。他这个人怪怪的，但我为人随和，容易相处，而且也擅长睡懒觉。我们很快成了朋友，他断断续续告诉我他和江嫄的这些故事，或许不能称为故事，那就叫这些事吧。但我也可以作另外一种理解：他是否在含蓄地告诉我，他和江嫄已经有那么多事或者故事，请我不要再有什么想法？

同居休息了

——同居一屋，又没有任何关系，多有意思啊。

吕君因为他的姓，"吕"与"驴"发音相近，我便谑称他为"驴"。似乎他也很乐意做一头驴，被人类骂为蠢驴的驴。我说，你听过驴吹箫的故事吗？吕君开心地道，我都不知道驴会吹箫，你怎么知道的。

吕君长得小巧，身上颇有一种女性气质，似乎是某些男同性恋者的理想对象，以至有一位好友每次见了，就跟他开玩

197

笑。吕君也不生气，不紧不慢反击。

吕君写小说。按年龄划分，是典型的"七十年代作家"，尽管他颇有女性气质，可惜还是男儿，否则就可以进入"七十年代美女作家"行列啦。现在，他在一所著名的大学读作家班。一年前，他从集体宿舍搬出去，和一位马来西亚的女生同居一屋。我偶尔打电话过去，总是那女生接的电话，很温婉的语气，"吕君，你的电话"或者"对不起，他不在"。那温婉的语气，很让我神往，我想着吕君在过一种幸福的家庭生活。吕君既然已长得小巧，那马来西亚的女生似乎就应该更小巧，他们就像一对小人国里的金童玉女，好生叫人羡慕啊。若不是写《新同居时代》，我想我不会问他们的事，但是，既然有个采访的名义，问起来也就名正言顺而且充满意义了。下面是我的电话采访，照样是马来西亚女孩先接的。

吴玄：驴啊。

吕君：啊，啊，在干吗呢？

吴玄：在写一个叫《新同居时代》的玩意儿，纪实的。

吕君：新同居时代？刚刚还后现代，怎么又新同居时代了？

吴玄：你不是在过新同居时代的生活？

吕君：我们不是同居，是同住。

吴玄：告诉我你们的故事。

吕君：我们？我们没故事。

吴玄：这样说话行吗，你那马来西亚姑娘会不会听到？

吕君：我已经把电话搬进房间了。

吴玄：那就好，我可以放心问了。你们关系不是挺好？

吕君：是挺好，因为我们没关系，所以关系挺好。

吴玄：有没有国家、民族什么的隔阂？

吕君：那倒没有，她跟中国人一样，长得一样，生活习性也一样，中文说得比我还好。

吴玄：你们是同学？

吕君：不是，本来我跟一个博士同住，博士走了，她来了，我也不知道为什么她来了，为什么我就跟她同住了。她来的时候，说，你好，我叫小兰，今后我要住在这儿。我说，好吧。

吴玄：然后？

吕君：没有然后，她从来没来过我的房间，但是，她的房间我一星期去一次，我上阳台晾衣服得穿过她的房间。

吴玄：你们互不来往？

吕君：互不来往。

吴玄：没有沟通的愿望？

吕君：没有。

吴玄：你对她一无所知？

吕君：一无所知。

吴玄：她对你也一无所知？

吕君：一无所知。

吴玄：你写小说她也不知道？

吕君：不知道，我也不知道她是干什么的。

吴玄：就像《秃头歌女》里写的。

吕君：不对，《秃头歌女》他们是夫妻，我们不是，什么也不是，同居一屋而已。我已经替老子实现了他的理想，虽鸡犬相闻，老死不相往来。而且还超过他的理想，比鸡犬相闻近多了，我能闻到她的气味，听到她的咳嗽、她的脚步声甚至她撒尿的声音。这些噪声，就是我们唯一的联系。

吴玄：我的一个同屋也说过同样的话，不过，他还是有故事的。

吕君：那他还得修炼。

吴玄：你觉得你这样好？

吕君：没什么不好。不来往，这是一项原则。一男一女，同居一屋，又没有任何关系，多有意思啊。

吴玄：是吗？

吕君：是的，这是一种境界，哪像你们，鬼混而已，而已而已。

采访结果有点出乎我的意料，虽然我引吕君为好友，看来我对他知之甚少。他几乎解构了我的《新同居时代》，这样，我的写作也就结束了。最后，我讲一个驴吹箫的故事，与吕君一笑。

一头意大利的驴，极有可能是卡尔维诺生产的。驴在路边吃草，看见农夫不干活，闲坐在田埂上吹箫，驴觉得很难听，很是不屑，说，啊，人类真是愚蠢，居然发出这么难听的声音。等农夫下田干活，将箫搁在田埂上，驴过来以蹄踩箫，鼻孔一吹，箫就发出了一种声音，驴又得意又很不屑，说，原来吹箫这么简单，人类真是愚蠢。

多可爱的一头驴啊。

（**注**：本文为纪实性作品，为避免麻烦，除了我自己，其余均为化名。）

图书在版编目（CIP）数据

你饶了我吧／吴玄著. — 北京：中国文史出版社，
2020.2

（中国专业作家小说典藏文库·吴玄卷）

ISBN 978 – 7 – 5205 – 1469 – 9

Ⅰ. ①你… Ⅱ. ①吴… Ⅲ. ①中篇小说 – 小说集 – 中
国 – 当代②短篇小说 – 小说集 – 中国 – 当代 Ⅳ.
①I247.7

中国版本图书馆 CIP 数据核字（2019）第 248128 号

责任编辑：马合省　薛未未

出版发行：**中国文史出版社**

社　　址：北京市海淀区西八里庄 69 号院　邮编：100142

电　　话：010 – 81136606　81136602　81136603（发行部）

传　　真：010 – 81136655

印　　装：廊坊市海涛印刷有限公司

经　　销：全国新华书店

开　　本：720×1020　1/16

印　　张：13.25　　　字数：130 千字

版　　次：2020 年 2 月第 1 版

印　　次：2020 年 2 月第 1 次印刷

定　　价：52.00 元